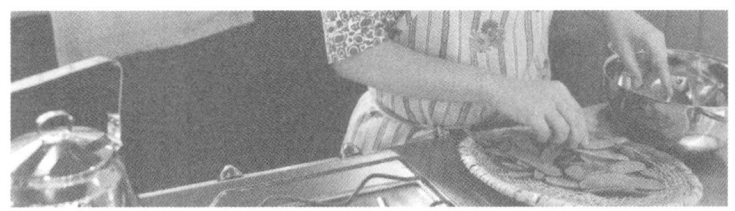

かもめ食堂
群ようこ

KAMOME SHOKUDO
by MURE Yoko

Copyright © MURE Yoko, 2006
Originally published in Japan by GENTOSHA, Tokyo
Korean Translation Copyright © Prunsoop Publishing Co., Ltd., 2011
All rights reserved.
The Korean language edition is published by arrangement
with Gentosha, Japan through the Sakai Agency and BC Agency.

이 책의 한국어판 저작권은 BC 에이전시를 통한 The Sakai Agency와의
독점 계약으로 (주)도서출판 푸른숲에 있습니다. 저작권법에 의하여 한국 내에서
보호를 받는 저작물이므로 무단 전재와 복제를 금합니다.

카모메 식당
かもめ食堂

무레 요코 지음 | 권남희 옮김

푸른숲

"화려하게 담지 않아도 좋아. 소박해도 좋으니
제대로 된 한 끼를 먹을 만한 가게를 만들고 싶어."

- 《카모메 식당》에서

차례

1장 사치에　　9

2장 미도리　　55

3장 마사코　　117

4장 세 여자　　167

옮긴이의 말-카모메 식당의 긍정 바이러스　　197

1장

사치에

'카모메 식당'은 헬싱키 시내 길 한 모퉁이에 아담하게 자리 잡고 있다. 간판은 없다. 그저 입구 있는 곳에 "카모메 식당(かもめ食堂―Ruokala Lokki)"이라고 일본어와 핀란드어로 조그맣게 써놓았을 뿐이다. 원래는 이 지역에서 유명한 뚱보 아주머니가 하던 식당이었다. 그런데 그 아주머니가 갑자기 세상을 떠나는 바람에 가게는 반년 이상 문이 닫혀 있었다. 동네 사람들이 대체 앞으로 어떻게 되려나 하며 궁금해하던 어느 날, 누가 가게를 청소하는가 싶더니, 얼마 뒤에 동양인 여자아이가 혼자 오도카니 앉아 있었다. 이웃 주민들은 호기심이 만발했다.

"카모메 식당이라는 곳, 가봤수?"

"창문으로 들여다봤더니 애가 있더라고, 여자애가. 누가 더 있나 하고 봤지만 아무도 없더라고."

"마침 부모가 자리를 비운 거 아냐?"

"아냐, 언제 봐도 혼자였어."

"뚱보 아줌마 가족인가?"

"그럴 리가 없어. 자식이라곤 왜 그 뚱뚱한 아들 둘밖에 없었잖아."

"그건 그러네."

"가게에 어린애 혼자 두고 가다니. 동양인은 어린애도 일을 잘하나 봐."

"혹시 누가 강제로 일을 시키는 게 아닐까?"

"그렇다고 하기에는 그 여자애, 언제나 밝고 즐거워 보이던걸. 들어본 적은 없는 곡이었지만 콧노래까지 흥얼거리면서. 그러고 보니 가게에서 어른은 한 번도 본 적이 없네."

"아침부터 밤까지 가게에만 있고, 학교도 가지 않는 것 같아."

"아동 학대는 아니겠지? 설마, 어차피 이렇게 된 거 밝고 즐겁게 지내야 달리 도리가 없다고 자포자기한 건 아니겠지?"

진지하게 걱정하는 사람도 있었다. 수수께끼에 싸인 카모메 식당은 공공연히는 아니었지만 은근히 주위에 소문이 났다. 그러나 '미스터리한 동양인 여자아이' 사치에를 붙들고 "왜 여기 있는 거니? 어디서 왔어?"라고 묻는 사람은 아무도 없었다. 모두 이상하다고 생각하면서도 멀찍이서 조용히 지켜볼 뿐이었다. 보통 핀란드 사람들은 낯선 사람에게 친절하지 않다. 대부분 낯가림이 심한 편이다. 이웃 아주머니들은 정찰대처럼 가게 앞을 왔다 갔다 하며 안을 들여다보고는 동네 사람들에게 결과를 보고했다.

"가게는 열려 있는데 손님이 들어가질 않아. 가게에 있는 건 오늘도 그 어린애뿐이야. 그 아이가 주문을 받아서 요리를 만드는 것 같아. 프라이팬과 냄비를 들고 물끄러미 바라보기도 하고 그러더라고. 그런데 요리나 제대로 할 줄 알까? 저건 '카모메 식당'이 아니라 '어린이 식당'이야."

사치에가 없는 곳에서 주위 사람들은 카모메 식당을 '어린이 식당'이라 부르고 있었다.

사치에는 손님이 오지 않는 가게를 지키며 하루 온종일 마른 행주로 컵을 닦거나 청소를 했다. 식당 주인이 일본인인데도 가게 안에는 부채나 전통 인형, 후지산 사진 같은 일본을 상징하는 장식물이 하나도 없었다. 그래서 밖에서 보면 어떤 가게인지 도무지 짐작이 가지 않았다.

사치에는 자연스럽게 지역 주민에게 녹아들고 싶었다. 어느 나라 사람이건 상관없지 않은가? 그녀는 외국에서 일본을 필요 이상으로 내세우는 것은 아주 유치한 짓이라고 생각했다.

성격상 가만히 앉아 있지 못하는 사치에는 아무리 손님이 없어도 뭐든 일을 찾아서 몸을 바삐 움직였다. 종일 선반의 식기를 다시 배열하고, 바닥의 얼룩을 정성껏 닦아내는 일로 시간을 보냈다. 사치에가 일을 하다가 문득 인기척을 느끼고 창가로 시선을 돌리면, 신기해하며 안을 들여다보는 사람들과 눈이 마주치곤 했다. 사치에는 사람들과 눈을 마주치면 혹시라도 들어와주지 않을까 기대했지만, 그들은 그냥 쓱 지나가버렸다. 아무도 문을 열고 들어오려 하지 않았다.

헬싱키 역 앞에서 가게를 소개하는 전단지를 나눠주거나 신문이나 관광 안내 책자에 광고를 실으면 알아줄지도 모른다. 그러나 사치에는 그러고 싶진 않았다. 아는 사람들만 알아주면 된다. 거창하게 선전을 하는 것은 사치에의 취향이 아니었다. 손님 수가 '0명'인 날이 계속되었지만, 사치에는 이곳 헬싱키에서 자신의 가게를 열었다는 사실만으로도 기뻐서 바지런히 몸을 움직일 뿐이었다. 그러나 가게 안은 점점 깨끗해져가는 반면, 매상은 변함없이 '제로' 그대로였다.

사치에는 올해로 서른여덟 살이다. 동네 사람들이 '아이'라고 부르는 것은 몸집이 작고 귀여운 얼굴 탓이다. 아버지는 합기도 고수로, 어릴 때부터 외동딸 사치에를 자기 도장에 데리고 가서 열심히 가르쳤다. 그곳에는 세계 각국에서 무술을 배우려고 온 하얀 사람, 검은 사람, 노란 사람이 모여 있었다. 도장 벽에는 아버지가 직접 붓글씨로 쓴 "인생 모든 것이 수행"이라는 글이 걸려 있었다. 그것은 아버지의 말버릇이기도 했다. 운동 신경이 좋은 사치에는 몸놀림이 민첩해 다른 사람들보다 늘 실력이 한 수 위였다. 사람들은 기술을 빨리 익히는 사치에를 보고, 남자아이로 태어났다면 대단한 기술을 구사하는 고수가 됐을 거라고들 했다. 그러나 정작 당사자인 사치에는 무술을 좋아하긴 했지만 어디까지나 취미로만 생각했다. 사치에가 초등학교 고학년 때 딸의 재능을 간파한 아버지는 사치에에게 더욱 고도의 기술을 연마할 것을 요구했는데, 그녀는 이대로 계속하다간 무술에서 벗어나지 못하는 게 아닐까 하고 불안에 빠졌다. 무술만 하는 것은 싫었다. 그러나 아버지는 열심히 무술을 지도했고, 주위에서도 격려가 쏟아졌다. 거기에 떠밀려 열심히 하다 보니 어린이 무술 대회에서 우승까지 했다. 하지만 언제까지 이대로 살아야 하나 하는 생각이 사치에의 머릿속을 떠나지 않았다. 그렇게 아버지의 눈치를 보며 조금씩 무술에 거리를 두기 시작할 즈음, 장을 보고 돌아오던 어머니가 트럭에 치여 세상을 떠났다. 사치에가 열두 살 때였다. 이때도 아버지가 한 말은 "인생 모든 것이 수행"이었다.

장례식에서 아버지는 눈물을 보이지 않았다. 사치에에게도 "사람들 앞에서 울지 마라"라고 했다. 사치에는 뒤에서 많이 울지언정, 아버지가 시키는 대로 사람들 앞에서는 우는 얼굴을 보인 적이 없다. 어머니의 죽음을 계기로 사치에는 집안일에 많은 시간을 보내게 되었다. 학교 가기 전에 아버지와 제 도시락을 하나씩 싸고, 학교에서 돌아오면 저녁 준비를 했다. 그전까지는 아버지와 하루 종일 도장에 있느라 집안일은 전부 어머니의 몫이었지만 막상 자신이 해보니 나름대로 재미있었다.

중학교에 입학하자마자 사치에가 친구들 앞에서 학교 담장을 향해 이단 옆차기 시범을 보인 것까지는 좋았는데, 그만 교복 치마가 걸려 찢어지는 일이 생겼다. 그 직전에 무술 대회에서 우승

하여 상금도 받았고, 어머니도 세상을 떠났으니 새 치마쯤은 아버지가 사줄 거라 기대했다. 그러나 아버지는 "안 돼" 이 한마디로 단호하게 끝내버렸다. 사치에는 학교 가정 선생님에게 천을 덧대는 방법을 배워 직접 해보았지만, 처음이니 제대로 될 리 없었다. 한눈에도 "여기 천을 덧대었습니다" 하는 걸 알리는 치마가 되어버렸다. 자신의 부주의 때문이긴 했지만, 그런 치마를 입고 등교하는 것이 어린 소녀의 마음에 창피하기 그지없었다. 그러나 그 마음을 꿰뚫어본 아버지는 "물건을 소중히 하는 게 왜 창피한 거냐. 당당해라. 인생 모든 것이 수행이다"라고 말했다. 사치에도 그럭저럭 익숙해지다 보니 천을 덧댄 치마가 아무렇지도 않았다. 그런데 이 이야기를 전해 들은 친구의 어머니가 딱하게 생각해서 큰딸이 입던 치마를 사치에에게 물려줬다. 사치에의 허리 사이즈보다 두 치수 정도 컸지만 치마 허리 부분에 굵은 고무줄을 넣어 졸업할 때까지 입고 다녔다.

사치에의 바느질 실력은 그저 그랬지만 요리 솜씨는 날로 늘어만 갔다. 손맛이 남달랐던 어머니가 남겨준 요리 노트를 보란 듯이 활용하여 찜과 볶음 요리는 물론 화과자까지 만들었다. 사치에가 서서히 도장을 멀리하자 처음에는 잔소리하던 아버지도

엄마를 잃은 뒤 꿋꿋이 집안일을 도맡아 하는 딸에게 아무 말도 할 수 없게 되었다.

소풍 가던 날, 도시락을 만들려고 일어난 사치에는 부엌에서 달그락거리는 소리를 들었다. 무슨 일인가 하고 가보니 아버지가 평소에는 기왓장을 깨 보이거나, 제자들을 힘차게 내동댕이치던 손으로 오니기리(주먹 크기로 밥을 뭉쳐서 김으로 싼 일본식 주먹밥―옮긴이)를 만들고 있었다.

"아빠."

사치에가 부르자 아버지는 깜짝 놀라서 돌아보더니 "언제나 네가 만들어서 네가 먹지 않냐. 오니기리는 남이 만들어준 게 제일 맛있는 법이다"라며 연어, 다시마, 가다랑어 포를 넣고 만든 큼직한 오니기리를 내밀었다. 오니기리 말고는 계란말이도 닭튀김도 아무것도 없었다. 사치에는 그걸 들고 소풍을 갔다. 다른 아이들의 어머니가 싸준 알록달록하고 예쁜 도시락에 비해, 아버지가 만들어준 투박한 오니기리는 모양새가 별로였지만 사치에에게는 최고로 맛있었다. 그 후로 아버지는 중학교 3년 동안 소풍과 운동회 날만큼은 도시락을 손수 싸주었고, 그것은 언제나 오니기리였다.

고등학교는 식품조리학과가 있는 여자대학교의 부속고등학교에 다녔고, 한편으로 대학을 졸업할 때까지 요리 학원에도 적극적으로 찾아다녔다. 프랑스 음식, 이태리 음식, 일식, 에스닉 요리 등 흥미가 있는 곳이라면 모조리 다녔다. 아버지는 "배우고 싶다면 어쩔 수 없지" 하고 학원비를 대주었다. 어느 요리나 나름대로 맛있었지만, 역시 늘 머릿속을 떠나지 않는 것은 돌아가신 어머니가 만들어준 집 밥과 아버지가 만들어준 오니기리였다. 접시 위에 그림을 그리듯이 요리를 담는 것도 맛깔스러워 보이긴 했지만, 어딘지 사치에 본인의 감각과는 달랐다. 채소찜을 보고 "냄새 나고 촌스럽다"면서, 어느 가게의 이태리 음식이 좋네, 프랑스 요리는 어느 가게가 최고네 하고 떠드는 동기들에게도 위화감을 느꼈다.

 "그런 것도 좋지만 정말로 사람이 날마다 먹는 음식하고는 다르잖아."

 그것이 사치에의 요리 테마가 되었다.

 어머니가 담근 된장을 물려받았을 때는 좋았지만, 시간이 갈수록 점점 맛이 변해서 초조했던 시기도 있었다. 그래도 시행착오를 겪으며 된장독에 다시마를 더 넣거나 때로는 생선 대가리를 넣어서 맛을 원래대로 돌려놓는 노하우가 생겼다.

"난 잘 지은 밥이랑 채소 절임이랑 된장국만 있으면 아무것도 필요 없어."

학교에서 사치에가 그렇게 말할 때, 친구들은 "할머니 같아"라며 다들 웃었다. 그녀에게 최고의 식사는 바로 그것이었다. 연구 삼아 여러 가게를 돌며 식사를 하면 사치에는 원재료의 맛을 속인 기름과 조미료의 맛이 너무 강하다고 생각했지만, 친구들은 그런 진한 맛이 좋다며 맛있게 먹었다. 대부분 순한 맛보다 자극적인 맛을 선호해서, 조리학과를 다니면서도 "식사는 언제나 컵라면"이라는 아이조차 있었다.

"화려하게 담지 않아도 좋아. 소박해도 좋으니 제대로 된 한 끼를 먹을 만한 가게를 만들고 싶어."

공부를 하는 동안 사치에의 그런 꿈은 부풀어갔다. 친구한테 그런 얘길 하면, "어머, 선술집이라도 할 거야?" 혹은 "아아, 오가닉 레스토랑 같은 것?" 하는 반응을 보이며 도무지 사치에의 뜻을 이해하지 못했다.

"요즘 그런 콘셉트가 유행이더라."

사치에는 그런 말에 '무슨 뜻이야?'라고 되묻고 싶을 때도 있었다. 돈을 모아 잡지에 소개된 유명 맛집에 가서 식사를 해봐도, '이 가격에 겨우 이거야?' 싶을 정도로 어이없는 수준의 레스토랑이 많았다. 도대체 가게에서 서빙하는 사람들의 자세부터 되어 있지 않았다. 자신도 젊은이지만, 인간으로서 기본이 안 되어 있다고 따지고 싶을 만큼 손님에게 무례한 직원도 많았다. 속으로는 은근히 무시하면서 겉으로만 간살을 떠는 종업원을 좋아하는 손님도 한심하긴 마찬가지였다. 사치에는 본인이 가게를 한다면 절대로 손님에게 그렇게 대하지 않으리라 다짐했다. 대학을 졸업할 무렵에는 개업에 대한 오기가 반쯤 생겼지만, 학생으로서 어찌할 도리도 없었고, 아버지에게 그 얘기를 꺼내지도 않았다.

결국 사치에는 큰 식품회사에 취직했다. 배정받은 부서는 도시락 개발부였다. 도시락도 같은 메뉴를 계속 내놓으면 이내 질려버리니, 해마다 계절별로 반찬을 조금씩 바꾸어 판매했다. 그런데 자극적인 맛을 싫어하는 사치에에게 그런 반찬을 개발하는 일은 아주 고통스러웠다. 날마다 새로운 것, 더 새로운 맛을 추구하다 보니, 도시락 안은 뭐가 뭔지 알 수 없는 조합의 샐러드나 에스닉 조미료를 가미한 메뉴들로 전 세계 요리들의 집합

소가 되어갔다. 그래도 사치에는 가게를 열기 위한 돈을 모으기 위해 참기로 했다. 과연 "인생 모든 것이 수행"이었다.

독립하지 않고 본가에서 다니는 이점도 있었고 생활은 최대한 절약하고 또 절약했다. 회사에서는 주로 흰 가운을 입기 때문에, 늘 같은 옷을 입어도 문제가 되지 않았다. 사치에는 집으로 돌아오면 날마다 예금 통장을 들여다보았다. 취직한 지 10년이 넘도록 "빨리 불어나기를!" 하고 통장에 찍힌 숫자를 문질러댔다. 가게를 개업한 사람들의 이야기가 잡지에 실리면 정신없이 읽었다. 그러나 자신이 바라는 가게는 어디에도 없었다. 사치에는 옛날 식당처럼 이웃 사람들이 와서 즐겁게 시간을 보낼 수 있고, 음식은 소박하지만 맛있는 그런 식당이 좋았다. 겉으로만 세련되고 알맹이 없는 가게는 절대로 만들고 싶지 않았다. 그러나 도쿄에서는 그런 가게가 많아져가는 경향이었고, 잡지에 실렸다거나 예약을 하기 힘들다거나 하는 것이 식당의 평가 기준이 되고 있었다.

'요즘 일본인들이 맛을 알긴 아는 걸까?'

침대에 벌렁 드러누워서 그런 생각을 했다. 일본은 유행이라면 좋은 것으로 착각하고, 금세 눈앞의 새로운 것에 달려든다.

대대로 내려오는 유명한 일식집이라면 그렇지 않겠지만, 자신은 요리사로 취직하고 싶은 것도 아니었고, 만들고 싶은 가게가 그런 종류도 아니었다.

"그렇지."

사치에는 벌떡 일어났다.

"외국에서 만들면 되지. 굳이 일본에서 할 필요는 없잖아?"

기분이 밝아졌다. 다행히 각국 요리를 배운 덕분에 어딜 가든 그 나름대로 요리를 만들 자신이 있었다.

"그래, 그래. 아하하하."

그럼 어느 나라가 좋을지 곰곰이 생각했다. 미국인은 맛을 모를 것 같았고, 영국도 그다지 와 닿지 않았고, 한국과 중국에는 끼어들 여지가 없어 보였다. 인도도 아프리카 대륙도…… 이런 생각을 하는 동안 문득 머리에 떠오른 것은 핀란드였다.

"핀란드라."

사치에는 팔짱을 끼고 고개를 끄덕였다. 꽤 오래전이지만 아버지 도장에 다니던 핀란드인 청년이 있었다. 사치에는 그를 티모 씨라고 불렀다. 다른 외국인 제자들은 도장에서 늘 싸움 모드였는데 그는 어딘지 달라 보였다. 무뚝뚝해서 화가 난 것처럼 보이지만 그런 것은 아니었고, 사치에를 귀여워해주는 다정한 청년이었다. 어머니가 살아 있을 때, 세 식구가 헬싱키에 있는 도장에 간 적이 있다. 귀국을 앞둔 티모 씨가 조심스럽게 언젠가 헬싱키에서 지도를 해주었으면 좋겠다고 했더니, 아버지가 "좋아, 알겠다"라며 사례금 없이 쾌히 수락했던 것이다. 지금도 그때 선물 받은 무민과 꼬마 미(핀란드의 여류 작가인 토베 얀손의 동화에 나오는 주인공─옮긴이) 인형을 갖고 있었다. 일주일 동안 핀란드에 머무르면서 느낀 것은 모두가 태평스럽다는 것이었다. 바닷가에는 통통하게 살이 오른 갈매기가 있고, 바로 가까이에 숲이 있는 그곳이 몹시 마음에 들었다. 아버지의 다른 외국인 제자들은 기억나지 않지만, 티모 씨라면 잘 기억하고 있었다. 외국에서 가게를 낸다면 아무래도 지인이 있는 편이 좋았다.

"좋아, 괜찮네. 괜찮잖아."

신이 난 사치에는 착착 준비를 해나갔다. 먼저 오래된 명부를 꺼내서 집 주소를 찾아 그에게 엽서를 썼다. 처음부터 본론에 들어가기는 뭣해서 '잘 있는지요'라는 안부 인사로 시작했다. 어쩌면 주소가 바뀌었을지도 모른다. 반송될지도 모른다. 사치에도 스스로 뜬금없다는 생각이 들었지만, 그 방법밖에 없었다. 보내는 사람이 그랬으니 받는 사람은 더 깜짝 놀랄 것이었다. 지금까지 소식 한 자 없던 은사의 딸이 느닷없이 보낸 엽서를 받은 티모 씨는 "감작 놀라슴미다"라고 서툰 히라가나로 답장을 썼다. 그 주소의 집에는 어머니만 살고 있어서 엽서를 전달받았다는 내용과 요즘 근황, 헬싱키의 현재 주소가 씌어 있었다.

한 가닥 끈이 연결된 것만으로 사치에의 꿈은 갑자기 현실감을 띠기 시작했다. 지난 일 년 반 동안 퇴근 후에 요리 학원을 다니면서 요리사 자격증도 따두었다. 사치에는 핀란드어를 섭렵하기에는 시간이 부족해서 문장을 통째로 암기했다.

문제는 개업 자금이었다. 어느 정도 저축해놓은 돈이 있었지만 요리 학원 수업료만 해도 백오십만 엔 정도 들었다. 이제 와서 아버지에게 기대기도 싫고, 그런 계획을 얘기해봐야 반대할 게 뻔했다. 외국에서 가게를 내게 된다면 백만 단위의 자금으로는 불안했다. 그보다는 큰 돈이 필요했지만, 사치에는 그것이 자신의 힘으로는 무리란 걸 잘 알고 있었다. 나머지는 타인의 힘에 매달릴 수밖에 없었다.

사치에는 뽑기 운이 좋았다. 유치원 때 동네에서 하는 제비뽑기에서 온천 여행에 당첨된 뒤로 집에서는 항상 사치에가 뽑기 담당이었다. 연하장 번호로 뽑는 복권도 몇 번이나 2등에 당첨됐는지 모른다. 한때 너무나 당첨이 잘되는 것이 무서워서 뽑기를 그만둔 적도 있었다. 뽑기 운이 좋은 것은 타고난 능력이었다. 최근에는 뽑기 같은 것을 하지 않았으니, 작은 뽑기 운이 모여서 큰 뽑기 운이 될지도 모른다.

"해볼까?"

사치에가 노린 것은 그때까지 한 번도 산 적이 없는 복권이었다. 도박에 흥미가 없는 사치에가 일확천금을 노릴 만한 것은 이것밖에 없었다. 한 번에 구입하는 양은 서른 장. 복권사의 정보를 조사하여 천만 엔 단위의 당첨 복권이 나온 가게들을 알아냈다. 첫 번째 가게에 갔더니 사람들이 길게 줄을 서 있었다. 그 광경을 보니 아무래도 당첨은 힘들겠다는 생각이 들어 잠시 위축되었다. 그래도 이것만 당첨되면 가게를 낼 수 있다고 마음을 고쳐먹고 줄을 섰다. 결과는 꼴등인 '수고상'. 다음은 다른 가게를 찾아가 보았다. 결과는 마찬가지였다. 과연 복권은 만만한 게 아니구나 생각하면서 연말 점보복권이나 사야지 하고 마음을 먹었다. 그러고는 삼세판이란 말을 떠올리며 길을 걷고 있는데, 마침 복권 판매점이 눈에 들어왔다. 그곳도 천만 엔 단위의 복권이 나온 곳이라고 써 붙여 있었지만, 사치에의 사전 조사 목록에는 없던 곳이었다. 그런데 판매원 아주머니에게 후광이 비쳤다. 다른 사람에게는 보이지 않았을지도 모르지만, 사치에에게는 분명히 보였다. 이끌리듯이 매점으로 다가가 "서른 장 주세요"라고 말했다.

섣달그믐 날, 텔레비전 뉴스에서 연말 점보복권 당첨번호를 발표했다. 사치에는 전화기 옆의 메모지를 뜯어서 부랴부랴 받아 적었다.

"걸렸을까, 걸렸을까."

학생 시절부터 쓰던 오래된 책상 서랍을 열어 복권을 꺼낸 사치에는 의자에 앉아 한 장씩 맞춰보았다.

"조가 달라. 음, 이것도 꽝이네. 어라?"

눈에 들어온 복권이 있었다.

"어…… 이거. 당첨…… 인가?"

심장이 벌렁벌렁 뛰고 얼굴이 확확 달아올랐다.

"23조 2084…… 아악!"

틀림없었다.

"걸렸어, 걸렸어, 걸렸어……."

다리가 풀린 사치에는 의자에서 굴러떨어져 바닥에 쓰러졌다. 정말로 복권에 당첨되다니!

"으음."

그대로 방바닥에 누웠다.

"꿈일지도 몰라. 그냥 꿈속에서 기뻐하는 걸지도 몰라."

꿈이 아닐까 싶어 잠을 청했다. 잠시 후 일어나 보니 역시 베갯머리에 그 복권이 있었다. 일어나 다시 맞춰보았다.

"당첨이야!"

일억 엔! 사치에의 두 눈에서 눈물이 주르륵 흘렀다. 자기도 의식하지 못했지만, 눈물이 흐르고 있었다.

"고맙습니다. 고맙습니다!"

사치에는 몇 번이나 연말의 태양을 향해 머리를 숙였다. 이런 일이 내게 일어나도 되는 걸까? 어쩌면 이걸로 평생의 운을 다 써버리고 내일 죽게 되는 건 아닐까? 알 수 없는 공포마저 밀려왔다. 밖에 나갈 때도 핸드백 속에 복권을 넣어 가슴에 안고 다녔다. 작은 소리만 나도 깜짝깜짝 놀라서 되레 더 눈에 띄는 꼴이 됐다. 설날 인사를 온 수련생들에게 떡국을 대접하면서도 그랬고, 사치에는 연휴 내내 제정신이 아니었다.

연휴가 끝나자, 사치에는 벌벌 떨면서 은행에 당첨금을 타러 갔다. 사전에 전화로 순서를 묻긴 했지만, 주위를 두리번거리는 모습이 영락없이 수상한 여자였다. 그걸 알아보았는지 매장 담당 여직원이 다가와서 물었다.

"손님, 어떤 용무로 오셨습니까?"

사치에는 직원의 귓가에 대고 속삭였다.

"저, 복권이 당첨된…… 것 같은데요……. 전화는 사전에 해두었는데……. 보험증과 인감은 갖고 왔습니다."

"알겠습니다. 그럼 이쪽으로 오십시오."

여직원이 다른 방으로 안내해주었다. 지점장이 직접 나와서 "새해부터 큰 복이 터졌군요"라고 큰 소리로 말해서 민망했다. 그들도 은행 예금이 단번에 불어나서 기쁠 것이다.

'금방 다 인출할 건데.'

사치에는 갑자기 동그라미가 많아진 통장을 바라보면서 아직도 이게 꿈이 아닌가 의심하며 집으로 돌아왔다. 연휴가 끝나자마자 회사에 사직서를 냈다.

"새해 벽두부터 이게 무슨 일이야."

사치에는 회사의 기대주였던 터라 경영진은 몇 번이나 만류

했다. 결국 "죄송합니다" 하고 깊이 머리를 숙이고 3월 말까지만 다니기로 했다.

자금은 확보됐다. 회사도 그만둔다. 다음은 티모 씨다. 이번에는 바로 본론으로 들어가는 편지를 썼다. 헬싱키에 가게를 내고 싶다는 것, 만약 그렇게 되면 보증인을 부탁할 수 있는가 하는 것이었다. 믿음직스러운 티모 씨로부터 바로 답장이 날아왔다. 또 "감작 놀라슴미다" 하면서 자기가 할 수 있는 일이라면 돕겠다고 말해주었다. 사치에도 모든 게 결정되면 연락하겠다고 바로 답장을 썼다. 아버지에게 이 일을 털어놓기 전에 주위를 확실하게 해두어야 한다. 누구에게 물어야 좋을지 몰라 텔레비전에 소개된 변호사 사무실을 찾아 전화를 했더니, 의외로 친절하게 이것저것 가르쳐주었다. 사치에는 가게를 내려면 현지법인을 설립해야 한다는 걸 알았다. 태어나서 처음으로 변호사 사무실에 가서 수속을 밟고, 핀란드 대사관에도 현지에 체류하는 목적, 기간, 주거지 등을 기입한 서류를 제출했다. 뭐가 뭔지도 모르는 채 뭔가를 진행할 때마다 '어, 또야?' 하는 식으로 돈이 나갔다. 그러나 사치에에게는 크게 한 방 걸린 게 있었다. 자신의 뽑기 운을 정말로 신에게 감사하고 싶었다.

아버지에게는 알리지 않았다. 사치에가 어릴 때부터 아버지는 10년을 한결같이 판에 박은 듯이 새벽 네 시에 일어나 "인생 모든 것이 수행"을 관철했다. 사치에는 모든 허가가 떨어지고, 이제 현지로 출발하면 된다는 최종 승인을 받기까지 아버지한테는 입을 다물고 있을 생각이었다. 그 전 단계에서 섣불리 털어놓았다가는 아버지가 기술을 걸어서 그녀를 포기시킬 가능성이 있었다. 아무리 씩씩하고 무술에 재능이 있는 사치에라 해도 아버지를 이길 자신은 없었다. 그녀는 비밀리에 착착 준비를 해나갔지만, 전혀 눈치 채지 못한 아버지는 죽도를 휘두르거나 게다(나무로 만든 신발—옮긴이)를 신고 동네를 달리며 무술에 전념했다.

모든 준비는 끝났다. 티모 씨가 구청의 높은 사람에게 무술을 가르치고 있는 덕분에 가장 어려운 서류에 쉽게 사인을 받아낼 수 있었다. 티모 씨는 자기 집에 재워줄 수는 없지만, 언제든 환영한다는 편지도 보내주었다.

"기다릴게요."

사치에는 그 문장을 몇 번이나 읽었다. 파리를 경유하는 핀란드행 항공권도 구입해두었다. 출발은 내일 아침이다. 방에서 몰래 짐을 싸면서 사치에는 조금 마음이 아팠다. 가져갈 짐은 여행

용 가방 한 개로 소지품 정도였다. 그 점에서도 당첨금의 존재는 고마웠다. 여기서 가져가지 않아도 그쪽에서 조달할 수 있고, 식기도 분명 단순하고 사용하기 편한 것들이 많을 터였다. 아버지는 모르는 사치에의 일본에서의 마지막 밤, 두 사람은 언제나처럼 마주 앉아 묵묵히 저녁을 먹었다.

"맛있어요?"

그렇게 묻는 사치에에게 아버지는 밥에서 시선을 떼지 않고 물었다.

"어쩐 일이냐? 그런 건 한 번도 물은 적이 없지 않냐."

"그냥 물어봤어요."

아버지는 담담히 젓가락을 들었다. 점점 가슴이 쿵쾅거렸다. 저녁을 다 먹고 아버지는 수건을 들고 욕실과 거실을 왔다 갔다 했다. 사치에는 크게 심호흡을 하고 불렀다.

"아빠."

"뭐냐?"

"할 얘기가 있는…… 데요…….."

"뭔데?"

아버지는 응접실 앞에 앉았다.

"저기……."

"결혼할 거냐? 난 괜찮으니까 마음대로 해라."

딸의 입에서 듣기 전에 먼저 선수를 칠 생각인 듯했다.

"결혼이 아니에요."

삼십대 후반의 딸이 고백하는 거라면 결혼뿐일 거라고 생각하는 아버지가 서운하기도 했다.

"그럼 뭐냐?"

"저기, 저 핀란드에 가요. 그래서 한동안 돌아오지 않을 거예요. 여행이 아니에요. 거기서 살면서 식당을 할 거예요."

"엉?"

"수속도 전부 마쳤고, 그래서……. 내일 아침 출발이에요."

딸에게 전혀 예상치 못한 말을 들은 아버지는 놀라움을 감추지 못했다. 그렇지만 무도가의 자존심이기라도 한 듯이 "으으음" 하고 눈을 감았다. 사치에는 명상으로 마음을 진정시키려는 건지, 아니면 눈을 감고 있다가 잠이 들어버렸는지 꼼짝도 하지 않는 아버지를 바라보았다.

"그동안 말씀 못 드려서 죄송해요. 반대하실 것 같아서……. 돈 문제는 걱정하지 마세요. 제가 전부 알아서 할 테니까요. 그리고 이건 지금까지 키워주신 감사의 뜻이에요."

사치에는 펼친 통장을 탁자 위에 올렸다. 아버지는 눈을 가늘게 떴다. 거기에는 일천오백만 엔이라고 찍혀 있었다. 실은 이천으로 할까 하고 고민했지만, 앞으로의 일을 생각해서 오백을 줄였다.

"웬 거냐, 이렇게 큰 돈은?"

"복권에 당첨됐어요. 그동안 키워주신 은혜의 몇 백 분의 일도 안 될지 모르지만, 이것으로 용서해주세요. 이런 딸이어서 노여우시면 인연을 끊으셔도 괜찮습니다."

사치에는 줄곧 무릎을 꿇고 앉아 있었다. 두 사람의 귀에 욕실에서 물이 넘치는 소리가 들려왔다. 아버지는 황급히 수건을 들고 욕실로 들어갔다. 아버지가 목욕을 하는 동안 사치에는 줄곧 같은 자세로 앉아서 기다렸다. 목욕을 마치고 나온 아버지는 "너도 씻어라" 하고 말하고 자기 방으로 들어가버렸다. 목욕을 하면서 사치에는 '핀란드에 가는 것은 여행이 아니야, 일이야' 하고 새삼 자신을 타일렀다. 욕실에서 나오니 아버지는 이미 자고 있었다.

다음 날 아침, 눈을 뜨니 부엌에서 인기척이 났다. 언젠가도 이랬었지, 생각하면서 나가 보니 아버지가 오니기리를 만들고 있었다.

"갖고 가거라. 인생 모든 것이 수행이다."

아버지는 자기 자신에게 이르듯이 말하며 사치에에게 두 손으로 오니기리 꾸러미를 내밀었다.

"예. 다녀오겠습니다."

사치에는 아무도 지켜보지 않는 현관을 혼자 나서, 혼자 헬싱키 반타 공항에 도착했다.

우선은 호텔에 짐을 맡기고 티모 씨에게 연락했다. 바로 달려온 그는 "놀라슴미다"를 연발했다. 티모 씨는 약속대로 핀란드 정부에 수속을 하는 것과 아파트 계약과 같은 보증인이 필요한 일에 언제든 함께해주었고 서류에 사인을 해주었다. 허가도 받았고 가게도 결정됐고 나머지는 사치에가 마음의 준비를 하고 개업 날짜를 기다리는 것뿐이었다. 그때 티모 씨가 말했다.

"미안해요. 나, 핀란드에서 없어져요."

낯선 나라에서 유일하게 의지가 돼줄 사람이 갑자기 한국으로 수행을 하러 가게 되었다고 했다. 그의 출국이 더 빨랐더라면 이렇게 원만하게 일이 진행되지 않았을 것이다. 사치에는 자신의 운을 또 한 번 신에게 감사하고 싶었다.

아시아에서 온 사치에는 아시아로 가는 티모 씨를 공항에서 배웅하고, 개업 준비를 착착 진행했다. 아파트도 티모 씨의 주선으로 적당한 곳을 찾았다. 일본으로 말하자면 방 두 개에 부엌 하나인 구조지만, 아담하고 살기에 편리했다. 단순하고 귀여운 디자인의 식기를 찾아 시내를 돌아다니는 일도 즐거웠다. 주머니도 훈훈하고 꿈은 한없이 부풀 따름이었다.

"안 돼, 그렇게 만만한 일이 아냐. 너무 들뜨면 안 돼."

사치에는 항구에 서서 발밑으로 걸어가는 뒤룩뒤룩 살찐 갈매기를 보며 말했다. 갈매기는 "뭐야?" 하는 얼굴로 사치에를 돌아보더니, 뒤뚱뒤뚱 걸어가버렸다.

"갈매기…… 라."

일본에서 갈매기라고 하면 귀여운 해군 아저씨를 상징하거나 흘러간 가요에 조연으로 자주 등장하지만, 핀란드 갈매기는 어딘지 모르게 태평스럽고 뻔뻔한 것이 마치 자신을 닮은 것 같은 기분이 들었다.

"갈매기라…… 그럼 카모메(일본어로 갈매기라는 뜻—옮긴이) 식당…… 으로 할까요?"

또 다가온 다른 갈매기에게 말을 걸자 갈매기는 부리부리한 눈을 껌벅거렸다.

"좋아요, 카모메 식당. 결정했습니다!"

사치에는 혼자 조그맣게 손뼉을 치고 휴우 하고 크게 숨을 내쉬었다. 항구 시장에는 색색의 채소와 과일이 진열되어 있었다. 관광객도 많았다. 고양이가 있어서 어? 하고 봤더니, 그 녀석은 개처럼 줄을 매고 다녔다. 그 줄을 잡고 있는 이는 노부부였다. 두 사람은 천천히 걸어가고, 앞장서서 가는 고양이는 꼬리를 빳빳하게 세우고 있었다. 사치에는 푸홋 하고 웃고, 남쪽에 있는 실내 시장으로 발길을 돌렸다.

누가 제일 먼저 가게를 알아보고 와줄까? 사치에는 창문을 닦으면서 진종일 첫 손님을 기다렸다. 실은 주위 사람들 모두 가게가 열린 걸 알긴 했지만, 첫걸음을 내딛지 못했다. 어느 날, 사치에는 주방에서 접시 두 개를 들고 같은 접시인데 어딘가 크기가 다른 것 같다 싶어 한참을 비교하고 있었다. 그런데 조용히 문이 열렸다. 깜짝 놀라 고개를 드니, 거기에는 냐로메(아카즈카 후지오의 만화 〈맹렬 아타로〉의 주인공—옮긴이) 캐릭터가 서툴게 그려진 티셔츠에 반바지 차림의 청년이 서 있었다. 사치에는 기쁘다기보다 놀랐다. 아무런 광고를 하지 않아도 문을 열고 들어와주는 사람이 있다니. 청년은 사치에를 보더니 얼굴이 환해지면서 빙그레 웃었다.

"아녕하세요. 카, 모, 메?"

입구에 쓰인 글자를 가리키며 말끝을 올렸다.

"예, 카모메."

"아아, 그렇습니다. 나 글씨 익습니다."

그는 좀 어눌한 일본어로 말을 걸어왔다.

"일본어, 공부, 조금 했습니다. 어디서? 시민 강좌에서. 일본인 부인이 가르쳐주었습니다. 일본 글씨, 어, 에로가나, 매우 귀엽습니다."

"에로가나?"

사치에가 고개를 갸웃거렸다.

"예, 아, 글씨 귀엽습니다. '갈' '매' '기'."

허공에 손가락으로 글씨를 썼다.

"아아, 히라가나요."

"아, 그렇습니다? 히라가나입니까. 아아, 선생님 말했습니다.

히라가나, 가타가네, 한지(한자). 생각났습니다. 나의 이름은 토미 힐트넨입니다. 잘 부탁합니다. 당신의 이름은 무엇입니까?"

이 지역에서는 드물게 수다스러운 청년이었다. 사치에는 그의 틀린 일본어를 고쳐주고, 커피를 끓여 주었다. 그는 커피 잔을 앞에 두고 열변을 토했다. 일 년 전, 어쩌다 일본 애니메이션에 관심을 갖게 되어 조금이라도 일본어를 배우고 싶어서, 헬싱키 시민 강좌의 단기 코스에서 공부했으며, 꼭 돈을 모아 일본에 가서 〈독수리 오형제〉 캐릭터 상품을 많이 사고 싶다는 이야기 등을.

"아, 〈독수리 오형제〉요?"

"독수리 오형제, 멋있습니다. 콘도르, 켄, 준…… 아악……."

청년은 가슴 앞으로 두 손을 모으고는 황홀한 얼굴로 몸서리를 쳤다.

"그렇지만 당신이 입고 있는 건 냐로메 티셔츠네요."

사치에가 무심하게 내뱉었다.

"이것? 입니까? 예, 이것은, 냐로메입니다. 독수리 오형제가 아닙니다. 독수리 오형제 다음으로 좋습니다."

"어디서 샀어요?"

"어디서, 샀어? 예. 정원에서 샀습니다."

아마도 어느 집 마당에서 열린 벼룩시장을 말하는 것 같았다. 티셔츠를 자세히 보니 냐로메를 굵은 매직펜 같은 걸로 쓱쓱 그린 것으로, 물론 못 그렸다. 하얀 티셔츠가 밋밋해서 적당히 냐로메를 그려 넣은 것 같았다. 볼품없는 티셔츠였지만, 그가 즐겨 입는 옷인지 목둘레가 너덜너덜 늘어졌다.

"〈독수리 오형제〉는 아주 좋아합니다. 노래도 멋집니다. '루구냐, 루구냐, 루구냐……'."

그는 음정이 틀린 목소리로 노래를 부르기 시작했다. 애니메이션하고는 거리가 먼 사치에지만 확실히 가사가 틀렸다는 것 정도는 알았다.

"그거 '누구냐, 누구냐, 누구냐'가 아닌가요?"

"'가 아닌가요'는 무엇입니까?"

이 구문은 그에게 좀 어려웠던 것 같다.

"'당신은 틀렸습니다' 아세요?"

"틀렸습니다. 아, 예. 알읍니다. 예? 틀립니까? 어디, 어디?"

그가 초조해하는 것을 보고 사치에는 자기도 모르게 노래를 흥얼거렸다.

"오오오오오."

토미 군은 또다시 감동으로 몸부림쳤다. 그리고 짊어지고 있던 배낭에서 급히 종이와 볼펜을 꺼냈다.

"또, 또, 불러주십시오. 부탁하세요."

그의 눈이 반짝거렸다.

"누구냐, 누구냐, 누구냐―."

사치에가 다시 노래를 흥얼거렸다.

"nugunya nugunya nugunya."

그가 받아 적었다. 다 쓰자마자 얼굴을 번쩍 들고는 기대에 찬 눈으로 사치에의 얼굴을 보았다.

"미안해요. 군데군데밖에 가사를 몰라요. 그러니까 나는 처음 부분하고요, '지구는 하나, 지구는 하나. 오― 독수리 오형제, 독수리 오형제' 이 부분밖에 몰라요."

그의 눈이 동그래졌지만 사정을 이해했는지 실망하여 어깨를 떨어뜨렸다. 사치에는 희미한 기억을 더듬으면서 작은 소리로 다시 노래를 불러보았지만, 역시 전부 외우고 있는 게 아니었다.

"모두……, 전부, 알고 싶습니다."

토미는 슬픈 표정을 지었다. 설불리 불러서 기대를 안겨준 사치에는 그가 안쓰러웠다.

"〈독수리 오형제〉 주제가. 알고 싶습니다. 모르는 것은 매우 큰 슬픈 문제입니다."

사치에는 '매우 큰 슬픈 문제'라는 말을 듣고 괜히 흥얼거렸던 걸 후회했다. 그는 괴로운 얼굴로 사치에를 물끄러미 보았다.

"미안해요. 좀 시간이 걸릴지도 모르지만, 찾아보고 정확한 가사를 알려줄게요."

그렇게 말하고 간신히 안심시켰다.

결국 그날은 엄밀히 말하면 손님이 아닌 토미밖에 오지 않았다. 커피는 서비스였다.

"사치에…… 짱. 알겠습니다. 여기 좋아합니다. 또 와. 사치에 짱, 안녕."

그는 두 손바닥을 합쳐서 인사를 하고 나갔다.

"예, 감사합니다."

가게에서 나가 배웅을 하는데 토미는 몇 번이나 이쪽을 향해 크게 손을 흔들다 자전거에 치일 뻔했다.

다음 날, 그는 게이샤 초콜릿을 갖고 와서 사치에에게 주었다. 포장지에 외국인이 그린 게이샤의 모습이 인쇄되어 있었다.

"키토스(고마워요)."

사치에가 기쁘게 받는 걸 본 토미는 얼굴 가득 미소를 지으며 몇 번이나 만족스럽게 고개를 끄덕였다. 그가 가게에 있으니 지역 사람들도 조금 안심이 됐는지 하나둘 손님이 오기 시작했다. 그들은 의자에 앉아서 두리번두리번 가게 안을 둘러보더니, 어디를 어떻게 보아도 가게에 사치에 말고는 종업원이 없자 작은 소리로 수군거렸다.

"역시 저 여자아이 혼자 하나 봐."

토미는 일본어를 조금 안다는 이유로 사람들에게 일본 마니아로서 자부심을 갖고 있는 것 같았다. 그러나 사람들은 그에게 아무 관심도 없었다. 카모메 식당의 메뉴는 소프트드링크와 핀란드 요리, 조림이나 구이 등의 일본식 요리와 된장국이 있었다. 밤에는 술도 판다. 그리고 사치에가 밀고 있는 오니기리는 종류가 가다랑어 포, 연어, 다시마, 매실 장아찌가 있다. 그러나 주문은 대부분 소프트드링크와 핀란드 요리뿐이었다. 주문을 받을 때는 반드시 "오니기리는 어떠십니까?" 하고 권한다. '오니기리'란 말이 낯선 핀란드 사람이 그건 대체 어떤 거냐고 물으면, 마침 만들어 놓은 게 있으면 보여주고, 없을 때는 설명을 한다. 옆에서 토미가,

"정말 맛있어요."

이렇게 참견을 하지만, 그 말을 듣고 오니기리를 주문하는 손님은 한 사람도 없었다. 다들 "아, 됐어요" 하고 단칼에 거절했다. 자칭 일본 마니아인 토미가 드물게 자기 돈을 내고 오니기리를 사먹은 적이 있다. 가다랑어 포와 연어 세트였는데, 연어는 몰라도 가다랑어 포는 삼키는 데 애를 먹는 것 같았다. 그래도 일본 마니아의 자존심은 버리지 않을 모양이다.

"매우 맛있습니다."

그렇게 말하는 토미의 두 눈에 눈물이 그렁그렁한 것을 사치에는 놓치지 않았다. 그래도 그녀는 오니기리를 고집했다. 나라는 다르지만 만드는 사람이 마음을 담아 만든 음식을 언젠가 이곳 사람들도 알아줄 거라고 믿었다. 손님에게 추천한 음식을 거절당해도 그녀는 주눅 들지 않고 웃는 얼굴로 대했다. 토미는 그런 사치에를 황홀한 표정으로 바라보았다.

카모메 식당으로 청년의 출근은 계속되었다. 그는 주방에서 바쁘게 움직이는 사치에에게 수다스럽게 말을 걸었다.

"안 돼요. 지금은 바빠요."

평소에는 그의 이야기를 잘 들어주는 사치에지만, 일을 할 때는 일에만 몰두했다.

"아아…… 예……. 미안합니다."

토미는 시무룩해져서 가게 한구석에 앉았다. 그리고 손님이 끊길 즈음을 틈타서 또 이런저런 말을 걸었다.

"아버지, 어머니는 어디입니까?"

"아버지는 일본에 있습니다요."

"일본에 있습니까? 핀란드에 혼자입니까?"

토미는 신기해하는 얼굴이었다.

"그래요."

"외롭고 슬프고 않습니까?"

"아뇨."

사치에는 단호히 말했다.

"그러나 여자아이 한 사람 위험합니다."

"여자아이? 누구?"

"사치에 짱입니다. 여자아이입니다."

"아아, 뭐 넓은 의미에선 그렇겠지만……."

"넓은 의미? 그것은 무슨 말입니까?"

그가 필사적인 눈길로 물었다.

"아, 저기, 난 여자라는 말이에요."

"그렇습니다. 그렇습니다."

진지한 얼굴로 몇 번이나 크게 끄덕였다.

"학교는…… 갔습니까?"

"갔어요. 도쿄에서 대학을 나왔어요."

"……."

말문이 막혔다. 이제야 자기보다 연상이란 걸 명백히 알았기 때문이었다.

"아……."

그가 낙담한 것을 보고 사치에는 직구를 던졌다.

"나 몇 살로 보여요?"

"몇 살?"

"예, 내가 몇 살로 보이냐고요."

그는 점점 얼굴이 붉어지더니 작은 소리로 "열다섯 살"이라고 말했다.

"열다섯 살?"

사치에는 깔깔 웃었다. 토미는 입을 한일 자로 꽉 다물고 긴장한 얼굴을 했다.

"나는 서른여덟 살이에요."

그의 동공이 커졌다. 순간, 눈앞이 캄캄해졌는지 벽에 머리를 부딪쳤다.

"서른여덟 살은 삼십팔 개, 삼십팔 년과 같습니다."

"그렇죠."

"헹."

그는 뭐라고 표현할 수 없는 소리를 내면서 사치에의 얼굴을 바라보았다.

"조금 슬픕니다. 그러나 힘을 낼 겁니다. 울지 않습니다. 오늘은 안녕."

그는 축 처진 어깨로 가방을 들고 가게를 나갔다. 그 뒷모습을 지켜보면서 사치에는 중얼거렸다.

"일찌감치 아는 게 그를 위해서 낫지."

토미 군이 이제 가게에 안 오는 건 아닐까, 사치에는 걱정했다.

다음 날, 평소보다 늦게 평소보다 힘없이 토미가 나타났다. 지금까지의 천하태평인 모습과는 달랐지만, 그래도 가게에는 와 주었다.

"커피?"

사치에는 언제나처럼 밝게 물었다.

"예."

그는 얌전하게 끄덕였다. 과연 충격이 컸는지 거의 말이 없다. 손님도 별로 오지 않아서 그날은 사치에가 먼저 그가 흥미 있어 하는 일본 애니메이션 이야기를 꺼냈다. 아톰이 어쩌고저쩌고 마지막 회는 이랬고 하면서, 이야기 상대가 되어주었다. 그러자 그는 문득 생각난 듯이 말을 꺼냈다.

"〈독수리 오형제〉 주제가…….."

그러더니 호소하는 눈길로 중얼거렸다.

"아, 그렇지."

사치에는 아차 싶었다. 그에게 약속을 해놓고 아직 지키지 못했다.

"미안해요, 조금만 더 기다려줘요."

실은 아무 노력도 하지 않았다. 일본에 있는 누군가에게 물어봐야겠다고 생각했지만, 가사를 알 만한 사람이 생각나지 않아 그대로 잊어버리고 있었다.

"〈독수리 오형제〉 주제가…….."

토미가 한 번 더 슬픈 듯이 중얼거렸다.

"알겠어요, 꼭 알아볼게요. 조금만 기다려요."

"알겠습니다."

그는 몹시 낙담했다.

사치에는 난감했다. 제대로 가사를 가르쳐줄 때까지 그는 포기하지 않을 것이다. 그리고 그것은 사치에의 신용 문제이고, 나아가서는 카모메 식당의 신용과도 관계된다. 더구나 사치에가 자신의 실제 나이를 폭로하여 충격을 준 것도 있다. 사치에 탓은 아니었지만, 두 번이나 낙담한 그가 안쓰러웠다. 대체 어떻게 해야 할까, 그녀는 고민했다. 인터넷으로 찾아도 봤지만 저작권 문제가 있어서 전부는 공개되지 않았다.

"대체 어떻게 해야 좋을까."

사치에의 머릿속은 〈독수리 오형제〉 주제가로 꽉 찼다. 쉬는 날, 헬싱키 거리를 산책하면서도 자기도 모르게 "누구냐, 누구냐, 누구냐―"하고 흥얼거렸다. 그러나 그 뒤의 가사는 좀처럼 튀어나오지 않았다.

"으음."

사치에는 신음하면서 무심코 발길을 〈아카데미아 서점〉으로 향했다. 무슨 책을 사거나 읽을 것도 아니지만, 서점에 들어가면 왠지 마음이 평온해진다. 1층의 서가를 둘러보고 2층 '아아루토' 카페에 들어갔다. 사치에는 여기서 차를 마시며 아무 생각 없이 앉아 있는 것을 좋아한다. 문득 보니 몸집이 큰 동양인 여성이 커피를 앞에 두고 불안한 표정으로 멍하니 혼자 앉아 있었다. 동양 사람인 건 틀림없지만, 어느 나라 사람인지는 알 수 없었다. 조심스럽게 관찰하다 그녀가 들고 있는 문고판 책을 보고, 일본인이란 걸 확신한 사치에는 저벅저벅 그녀 앞으로 걸어갔다. 그리고 대뜸 물었다.

"〈독수리 오형제〉 주제가 아세요?"

"예?"

사치에와 미도리가 처음으로 나눈 대화는 이것이었다.

미도리는 잠시 어안이 벙벙한 얼굴로 사치에를 바라보았지만, 이내 정신을 차렸다.

"아, 예. 압니다. 전부 압니다."

"가르쳐주세요! 부탁입니다!"

사치에는 눈을 부릅뜨고 미도리의 얼굴을 바라보았다.

"아아, 예, 알겠습니다."

"아, 쓸 것이……."

"괜찮습니다. 갖고 있습니다."

미도리는 가방 속에서 볼펜과 수첩을 꺼냈다.

"준비성이 좋으시네요."

사치에는 감탄했다.

"옛날부터 습관입니다."

미도리는 부끄러운 듯이 중얼거리고, 수첩을 한 장 뜯어서 쓰기 시작했다. 달필이었다.

누구냐 누구냐 누구냐

하늘 저편에 비치는 그림자

하얀 날개의 독수리 오형제

목숨을 걸고 날아올라 변신한 불새다.

날아라 날아라 날아라 독수리 오형제

가라 가라 가라 독수리 오형제

지구는 하나 지구는 하나

오오 독수리 오형제 독수리 오형제

누구냐 누구냐 누구냐

바다의 지옥에 잠기는 그림자

강한 용기의 독수리 오형제

폭풍을 뚫고 구름을 가르는 변신 불새다

날아라, 날아라……

미도리는 믿을 수 없을 정도로 거침없이 써나갔다.

"대단해요. 완벽해요."

"동생이 열혈 팬이어서 저도 매번 같이 봤더니 외워 버렸네요."

"맞아요, 맞아요. 이런 가사였어요."

사치에는 가사를 보면서 작은 소리로 불렀다. 미도리는 핀란드의 한 카페에서 그것도 도착하자마자 〈독수리 오형제〉 가사를 쓰게 될 줄은 상상도 하지 못했다.

"난 식당을 하고 있어요. 그런데 거기에 오는 일본 마니아인 청년이 〈독수리 오형제〉 주제가를 가르쳐달라고 계속 부탁하는 거예요. 처음 부분밖에 몰랐는데, 다행이에요. 이제 해결됐네요. 고맙습니다."

사치에는 꾸벅 머리를 숙였다.

"아, 아닙니다."

"이런, 이름도 말하지 않고…… 미안해요. 전 하야시 사치에라고 해요."

"아, 저는 사에키 미도리라고 합니다."

두 사람이 서로 머리를 숙이는 걸 보고 옆자리에 앉은 핀란드 노부부가 쿡쿡 웃었다.

"사에키 씨는 관광 오신 거예요?"

"아뇨……."

미도리는 머뭇거렸다.

"아아, 유학 왔군요?"

"아뇨, 그런 게 아니라……."

사치에는 사연이 있음 직한 미도리의 얼굴을 바라보았다.

"손가락으로 찍었습니다."

"예? 손가락으로 찍어요?"

2장

미도리

미도리는 혼자 핀란드에 왔다.

그녀는 오빠 둘, 남동생 하나로 부모님에게 하나뿐인 딸이었다. 초등학교부터 대학교까지 한 울타리에 있는 사립학교를 다녔고, 졸업을 한 뒤에는 바로 취직했다. 그것도 일반 기업이 아니라 아버지 지인의 회사로 주로 퇴직한 임원들이 모여 있는 작은 회사였다. 부모님은 그런 나이 많은 사람들이 모인 회사에 다니면 나름대로 괜찮은 혼담이 들어올 것이다, 젊은 남자가 한 사람도 없어서 나쁜 인간을 만날 일이 없을 것이다, 회사가 파산할 염려가 없을 것이다, 등등의 이유로 미도리를 그곳에 취직시켰다. 미도리는 아무런 불만도 갖지 않고 순순히 부모의 뜻에 따랐다. 아버지가 시키는 대로 하면 틀림없다는 말을 믿었다. 바람직

한 인생이란 학생 때는 공부를 잘하고, 아가씨가 되면 품행 단정하게 지내다가, 결혼 적령기가 되면 사회적으로 흠잡을 데 없는 남자와 맞선을 봐서 결혼을 하고 아이를 낳아 기르는 것이라 믿어 의심치 않았다.

취직한 회사는 일이 정말로 편했다. 얇은 타블로이드판 농업신문을 월간으로 발행했지만, 대부분 틀이 정해져 있어서 새로운 뉴스를 찾는다거나 날마다 취재에 쫓기는 업무는 전혀 없었다. 아저씨들은 한 달 중 일주일밖에 일을 하지 않았다. 그래도 월급은 "엉? 이렇게 많이?" 하고 놀랄 만큼 제대로 받았다. 미도리의 월급은 연차를 생각하면 적당했지만, 하는 일에 비해 다소 많은 액수였다. 미도리는 매일 아침 아홉 시면 시내에 있는 작고 낡은 빌딩 5층에 있는 회사에 출근했다. 먼저 창문을 열고 청소부터 하지만, 워낙 잔업 같은 게 없어서 사무실은 거의 깨끗했다. 열 명의 책상 위를 닦고, 흐트러져 있는 걸 바로 하고 차를 끓일 준비를 한다. 촉탁 사원이라는 직책의 아저씨들이 삼삼오오로 느긋하게 나타나면 한 사람 한 사람에게 차를 갖다준다. 그들은 출근해서도 바로 업무를 시작하지 않고, 자리에 앉아서 한참이나 신문을 뒤적거린다. 개중에는 텔레비전을 켜놓고 주부 대상 프로그램을 보거나, 골프 비디오테이프를 회사에 갖다놓고 프로골퍼의 스윙을 잡아먹을 듯이 응시하는 사람도 있었다. 도무지 아무도 일을 하지 않는 것 같은 이 회사에 대체 어디서 돈이 들어오는지 미도리는 알 수가 없었다.

그녀는 배가 불룩하게 나온 경리 담당자가 시키는 대로 경리팀을 돕기도 했다. 그래 봐야 은행에 가서 지정 계좌에 입금을 하거나 통장 정리를 하는 정도로, 잔심부름 같은 일뿐이었다. 청구서 쓰는 일도 일 년에 한 건, 금액을 보내는 곳도 정해져 있어서 마감 날이 되면 기계적으로 청구서를 보내기만 하면 됐다. 그 밖에 아저씨들이 부탁한 일, 이를테면 그들이 쓴 편지를 보내거나 때로는 대필을 하는 일도 있었다. 신문 보낼 곳 목록 관리, 경조사 선물 챙기기 등, 그런 일이 미도리의 주요 업무였다.

이십대에는 아직 컴퓨터가 일반적이지 않을 때여서 천천히 하면 출근해서 퇴근할 때까지 그럭저럭 하루를 보낼 일이 있었다. 부모님의 계획대로 중매도 종종 들어와 적극적으로 맞선도 봤다. 결실은 맺지 못했지만. 그런데 컴퓨터가 도입된 뒤로는 눈 깜짝할 사이에 일이 끝나니 하루 종일 한가했다. 미도리는 주소를 손으로 일일이 쓰던 시절이 그리웠다. 주소 변경이 있을 때마다 수정 액으로 지우고 새로 써넣고, 아이우에오 순으로 목록을 작성하던 시절이. 한때는 그렇게 사소한 일에 목숨을 걸었지만, 컴퓨터가 순식간에 전부 다 끝내버렸다. 일이 한순간에 끝나니 그다음은 할 일이 없어서 그저 책이나 읽으며 시간을 때워야 했다. 그 무렵에는 중매도 들어오지 않았고, 아저씨들은 이미 미도리가 결혼을 해서 애를 한 셋은 낳은 듯이 대했다. 미도리 자신도 자극은 없지만 태평스럽게 보내는 하루하루에 익숙해져서 이대로 지내는 게 편하군, 하고 안주했다.

 취직하고 10년 정도는 정년퇴직한 아저씨들이 드문드문 들어오고, 들어오는 숫자만큼의 아저씨들이 나갔다. 미도리 밑으로는 아무도 들어오지 않아서 그녀는 만년 평사원이자 유일한 여사원이었다. 그러다 임원들의 낙하산 인사가 눈총을 받게 되자 새로운 아저씨들도 들어오지 않게 되었다. 더 이상 외부에서 새로운 사람이 들어오지 않게 된 뒤로 회사는 사회에서 소외된 채 시간이 멈춰버린 것만 같았다. 언제 가도 마찬가지, 언제 가도 같은 냄새. 이 자리에 이 아저씨가 있고, 그 자리에 그 아저씨가 있다. 사무실 벽에는 입사할 때 걸려 있던 액자가 그대로 걸려 있고, 탕비실 벽에는 지금은 중년이 되어버린 여배우의 젊은 시절 사진이 있고……. 아무런 변화가 없었다. 미도리도 그랬지만 아저씨들도 시간이 멈춘 회사에서 나이만 먹어갔다. 머리카락이 좀 남아 있던 사람들도 하루하루 벗겨져갔다.

"다들 나이를 먹었구나."

마치 의자에 뿌리를 내리기라도 한 듯이 익숙해진 자리에서 사무실 안을 둘러보았다. 수명이 다 되면 머리숱이 있고 없고에 상관없이 아저씨들은 한 사람 줄고, 두 사람 줄어갔다. 들어오는 사람이 없으니 사원은 점점 줄어갈 따름이었다. 이제 미도리의 일은 오로지 조사(弔事) 담당이었다. 장례 관련 회사에 연락하여 고인의 가족을 돕는 일을 했다. 처음에는 가슴이 조여드는 것처럼 슬펐다. 그러나 세 사람, 네 사람 세상을 떠나면서 그 슬픔에도 익숙해졌다.

미도리의 인생을 장악하려 했던 부모님도 몸이 안 좋아서 자리에 눕게 되었다. 처음에는 오빠 집에서 부모님을 모셨지만, 올케가 힘들었는지 몸이 안 좋아져서 형제들이 돈을 모아 부모님을 노인 요양원에 보냈다. 부모님은 자식과 손자가 면회를 가도 거의 알아보지 못하는 상태가 되었다. 그런 가운데서 남의 조사를 돕는 심경은 복잡했다. 하지만 부모님이 만약의 일을 당했을 경우를 대비해 익숙해지라는 건가 보다 생각하며, 미도리는 담담하게 맡은 일을 완수했다.

패기 없는 회사에 죽어가는 촉탁 사원. 회사의 멸망이 가깝구나 생각하던 차에 느닷없이 경리 담당자가 연말에 회사가 해산됨을 알렸다. 경리 담당자도 반년 전에 큰 수술을 하여 불룩했던 배가 푹 꺼져 있었다.

"오랜 시간 수고했네. 퇴직금은 나갈 테니 한동안 여유롭게 좀 지내 봐."

'지금까지 이만큼 여유롭게 지냈는데요.'

미도리는 그렇게 말하고 싶었다. 21년 동안 별다른 변화도 없던 회사였지만, 이제 오지 않아도 된다고 하니 발이 허공에 뜬 것 같은 기분이었다. 그리고 순간 뭔가 맹렬하게 화가 치밀었다.

'대체 난 지금까지 뭘 해온 거지? 학교를 졸업한 뒤 아무 생각 없이 하루하루를 보내다가 정신을 차리고 보니 마흔이 넘었어.'

아저씨들 늙어가는 것만 생각했지만, 미도리도 21년 동안 그만큼 늙었다.

그해 설날은 미도리에게 분노의 설날이었다. 아버지와 어머니가 요양원에 있었고 미도리만 사는 본가에 모인 오빠와 동생들은 "앞으로 어떻게 할 거야?"라고 불안한 얼굴로 물었다.

"우리 집은 안 돼."

"우리 집도 마찬가지야."

형제들은 번갈아가며 같은 말을 했다. 두 올케까지 말을 거들었다.

"맞아요, 우리도 여러모로 힘들다고요."

조카들은 무관심 그 자체로 오조니(찰떡을 바삭하게 구워 진한 닭고기 국물을 부어 먹는 일본식 떡국—옮긴이)만 정신없이 퍼먹었다. 대체 무슨 말을 하고 싶은 걸까 떡국을 먹으며 생각하던 미도리는 그들이 자신들을 의지하지 말라고 미리 견제하는 거란 걸 깨닫고 분노가 치밀어 올랐다. 화를 내거나 소리를 지르는 성격이 못 되는 미도리는 입을 삐죽거리는 걸로 최대한의 분노를 표시했다.

"그렇지만 아가씨도 불안하겠네요. 근무한 햇수만 길지 경력이 있는 게 아니니 재취업도 힘들 테고. 그렇다고 이제 와서 결혼을 할 수도 없고."

임신 중인 올케는 찬합에 든 설날 음식을 집어먹으며 말했다. 그 음식은 실의에 빠진 미도리가 연말에 정성껏 만든 것이었다.

'뭐하러 이런 인간들을 위해 음식들을 만들었을까.'

미도리는 뭐라고 대꾸를 해줄까 열심히 생각했다.

"그런데 미도리, 정말로 어떻게 할 거야? 한동안은 모르지만, 앞으로 남은 날은 길다, 너."

식구들이 모두 미도리의 얼굴을 빤히 보았다. 모두의 시선을 받은 그녀는 엉겁결에 "걱정 마. 폐 끼치지 않을 테니. 나도 계획이 있어" 하고 내뱉어버렸다.

"오, 그래?"

모두 갑자기 안심한 얼굴로 끄덕였다.

오빠가 물었다.

"계획이란 게 뭔데?"

그런 게 있을 리 없었다. 미도리는 초조함을 들키지 않으려 애쓰면서 "뭐, 아직 구체적이진 않아. 확실히 결정되면 말할게"라고 해두었다.

"괜찮냐? 먹고살 수 있겠어?"

"우리도 많이 힘들어요."

올케가 또 견제를 했다.

"알아요. 폐는 안 끼친다니까요."

미도리는 반쯤 오기로 말했다.

"아, 그래요? 그렇다면 다행이고. 호호호호."

올케들은 그제야 마음을 놓는 표정이었다.

'아무리 힘들어도 당신들 신세는 지지 않을 거야.'

속으로 그렇게 외쳤지만, 현실은 아무것도 결정된 게 없었다. 이렇게 되고 나서야 비로소 어째서 아무 생각도 없이 멍청하게 살아왔을까, 형제들 이상으로 자신에게 화가 났다. 서예 자격증이 있지만, 서예 교실로는 생활을 해나가기 힘들었다. 다도를 배우긴 했지만 사범 면허를 쉽게 딸 수 있는 것도 아니었다. 어떤 직업이든 지도하기에는 어중간한 실력이었다.

"어떡하지."

형제들 앞에서 일단 말을 뱉은 이상, 뭔가를 하지 않으면 안 됐다.

"아아아아. 난 왜 이렇게 바보 같지."

방 안에서 머리카락을 쥐어뜯었다. 그래 봐야 생명력 약한 머리카락만 빠질 뿐이었다.

"휴우."

침대에 걸터앉아 진지하게 앞으로 대처할 방법을 생각했다.

울컥하긴 했지만 올케의 말이 맞았다. 회사에 다니는 동안, 그저 시키는 것만 했을 뿐 무슨 일을 할지 스스로 생각을 해본 적이 없었다. 다니던 회사가 망할 줄은 꿈에도 생각지 못했다. 그런데 현실은 이렇게 되어버렸다. 자신이 너무 모자랐다. 요즘 세상에 애들 심부름 같은 일만 하던 사람을 어디서 고용해줄 것인가.

역 앞 슈퍼마켓을 지나는데 파트타임 모집 전단지가 붙어 있었다. 다행히 모아둔 저금도 있고 퇴직금도 받아서 절박하게 일을 구할 필요까지는 없었지만, 그래도 역시 구인 광고를 그냥 지나칠 수는 없었다. 일부러 그 슈퍼에 들어가서 장을 보는데, 파트타임인 듯한 주부들 사이에 오가는 대화가 귀에 들어왔다.

"저기, 스가 씨 일 알아?"

"아니, 몰라. 왜?"

"그 사람 요전에 애들 학교 때문에 사흘 쉬었잖아. 그랬더니 다시 나오자마자 담당 매장을 바꿔 버려서 이번에는 냉동식품 매장이래."

"그렇다면 그 말은……?"

"그렇지. 그만두는 건 시간문제지."

"냉동식품 매장은 너무 힘들어. 몸이 차가워질 대로 차가워져서."

"우리 슈퍼의 고려장이라고 하잖아. 거기 가서 3개월을 버틴 사람이 없는걸."

"우린 아직 채소 매장이어서 다행이야."

두 사람은 미도리와 비슷해 보이는 연령대였다. 미도리는 파트타임 일을 신청하면 냉동식품 매장으로 보내질까 무서워 그만두기로 했다.

방 안을 정리하는데 5년 전에 갱신한 여권이 나왔다. 한국으로 사원(寺阮) 여행을 가기로 하여 여권을 갱신했지만, 출발 직전에 부장이 세상을 떠나는 바람에 취소가 됐다. 미도리는 출국, 입국, 아무런 스탬프도 찍혀 있지 않은 깨끗한 여권을 물끄러미 바라보았다.

"외국에 가자."

몸속 저 밑바닥에서부터 뜨거운 것이 끓어올랐다. 구체적으로 외국어 공부를 하고 싶은 것도 아니고, 무엇을 보고 싶은 것도 아니다. 어쨌든 부모와 형제가 있는 이 땅에서 한동안 멀어지고 싶었다. 그러나 어디로 가야 좋을까. 돌이켜보면 지금까지 여행을 갔던 하와이, 한국, 호주는 항상 부모님과 함께였다. 어딜 가든 부모님만 챙기느라 가이드에게 고맙다는 인사를 받았을 정도였다.

"꼭 가야지. 어딘가로."

미도리는 책장 어딘가에 있을 세계지도를 찾았다. 중학교 때 썼던 파란 표지의 사회과부도가 나왔다. 네 귀퉁이가 닳은 지도책을 무릎 위에 펴놓고 첫 페이지를 넘겼다. 눈을 감고 검지를 세워서 지도 위에서 빙글빙글 돌렸다.

"이얍!"

기합을 넣으며 검지를 쿡 찔렀다. 너무 힘을 주어서 손가락이 꺾일 뻔했다. 눈을 번쩍 뜨자 제일 먼저 눈에 들어온 것은 핀란드였다.

"핀란드……."

시벨리우스(핀란드의 작곡가—옮긴이), 무민을 떠올리며 핀란드가 전혀 낯선 곳만은 아니라고 생각했다. 갑자기 미도리가 거친 콧김을 내뿜었다.

"가주마. 꼭 가주마."

미도리는 21년 동안의 게으른 세월을 묻어버리고, 모든 정열을 핀란드에 쏟기로 했다. 서점에 가서 여행 가이드북을 사고 회화 책도 샀다. 핀란드어가 너무 어려워서 좌절했지만 핀란드행은 포기하지 않았다. 그럭저럭 시간을 보내는 동안 자기는 아주 오래전부터 핀란드를 동경해왔던 것 같은 착각에 빠졌다.

형제들에게 핀란드로 간다고 말하자, 모두들 처음에는 미도리의 얼굴을 보며 어이없어했다.

"핀란드어를 배우고 싶어서."

모두가 "으음" 하더니 그 뒤로 아무 말도 하지 않았다. 고주알미주알 캐물을 거라 생각했는데, 그들의 대응은 너무나 담담했다. 자기네 주위에 백수가 알짱거리는 것보다 차라리 어딘가로 멀리 가버리는 게 속 편했을 것이다.

아무리 알아보지 못한다 해도 부모에게 아무 말도 하지 않고 떠날 수는 없었다. 미도리는 부모가 있는 노인 요양원에 가서 그저 잠만 자고 있는 두 사람에게 "다녀올게요"라고 보고했다. 자신은 불효녀라는 생각이 드는 반면, 지금까지 부모의 말을 거스른 적이 없는 효녀여서 이 모양이 됐다는 변명도 하고 싶었다.

오빠가 올케 몰래 용돈을 쥐여주었다.

"무슨 학교냐?"

"어…… 저기, 국립 무민 핀란드어 전문학교."

입에서 나오는 대로 대충 지껄였다.
"그러냐. 열심히 하고 와라."
미도리는 핀란드에 가겠다고 결정했을 뿐 앞으로의 일은 아무것도 생각하지 않았다. 지금까지 너무나 순조롭게 달려온 인생이라 레일에서 한번 벗어나보고 싶었다.
"응, 알겠어."
오빠에게는 그렇게 말하고, 미도리는 아무런 지식도 없이 눈을 감고 손가락으로 가리킬 때까지 전혀 생각도 없었던 나라로 여행을 떠났다.

***

"그래서 아까 여기 도착해서 지금 이곳에 앉아 있는 겁니다."
"그렇군요."
사치에는 고개를 끄덕였다.
"만약 사에키 씨가 손가락으로 짚은 곳이 알래스카였다면 알래스카에 갔겠네요?"
"예, 그럼요. 손가락이 가리킨 곳에 가기로 마음먹었으니까요."

사치에의 머릿속에는 털이 북슬북슬한 모피를 입은 에스키모 같은 차림으로 바다표범과 싸우는 미도리의 모습이 떠올랐다.

"만약 타히티였다면 타히티로 갔겠네요?"

"물론 그렇습니다."

이번에 사치에의 머릿속에 떠오른 것은 허리에 도롱이를 두르고 타히티 전통 춤을 추는 미도리의 모습이었다. 둘 다 잘 어울릴 것도 같고, 둘 다 어울리지 않는 것도 같았다.

"일단 호텔에는 일주일 예약을 해두었습니다만 뭘 해야 좋을지 막막해서……. 거리를 걷다가 서점이 있어서 들어온 거랍니다. 책 읽는 걸 좋아해서 책이 나란히 진열된 걸 보기만 해도 마음이 안정되거든요."

"미도리 씨, 우리 집에서 지내지 않을래요?"

사치에는 느닷없는 제안을 했다.

"예? 그렇지만 방금 막 만난 사이인데……."

"호텔비 아까워요. 좁긴 하지만 한 사람 정도 재워줄 수 있어요."

"그렇지만……."

"만약 머물러 보고 싫으면 말씀해주세요. 미도리 씨한테는 불편할지도 모르니까요. 약소하지만 감사의 뜻입니다."

놀라는 미도리의 손을 잡고 사치에는 바로 호텔에 가서 짐을 싸게 하여, 아파트로 데리고 왔다.

깨끗하게 정돈된 집 안은 베이지색으로 통일되었고, 베란다와 창가에는 꽃과 관엽식물의 화분들이 나란히 놓여 있었다.

"멋지네요."

"고마워요."

사치에가 커피를 끓이는 동안, 미도리는 소파에 앉아서 흥미진진한 눈으로 실내를 둘러보았다. 심플한 거실 탁자와 의자, 식기류가 들어 있는 찬장.

'식당을 한다고 했는데, 남편은 없나?'

방 안을 둘러보아도 남편이 있는 낌새는 없었다.

"드세요."

맛있는 향의 커피와 함께 사치에가 왔다.

"여기 혼자 사시나요?"

"그래요."

"그럼 식당은?"

"혼자 해요."

"대단하십니다."

"음, 대단한가? 글쎄요. 개업한 지 얼마 되지 않아서 아직 손님이 별로 없어요."

잘되는 가게라면 몰라도 손님도 별로 없는 가게를 운영하는 사치에의 집에 기거하는 것은 좀 내키지 않았다. 그러나 사치에도 강력히 권했고 아는 사람 하나 없는 외국에서 불안하기도 하여, 미도리는 사치에의 제안을 받아들이기로 했다.

다음 날 아침, 눈을 뜨니 사치에는 벌써 일어나서 아침 준비를 하고 있었다. 미도리가 세면실 거울 앞에서 뻗친 머리를 열심히 가다듬고 세수를 마치고 나오자 토스트와 계란프라이, 커피, 오렌지 주스 등 영국 스타일 아침식사가 기다리고 있었다.

"이곳 사람들은 아침으로 죽이나 오트밀을 먹는다던데 아무래도 저는 아침에 밥을 먹게 되더라구요. 사에키 씨를 위해선 이렇게 준비했는데……."

미도리는 그저 감사하며 아침을 먹었다.

"전 이제 장을 봐서 가게로 갈 거예요. 미도리 씨는?"

"저는…… 모처럼 왔으니 도시 구경 온 촌사람처럼 관광이라도 해볼까 합니다."

"그러게요. 카페에서 우리 집으로 바로 와버렸죠. 이건 우리 집 주소하고 열쇠예요. 길을 잃으면 택시 운전사한테 보여주세요. 이곳 사람들은 무뚝뚝해 보이지만 모두 친절하니까 괜찮아요. 지도는 갖고 있어요?"

"예, 예. 갖고 있습니다. 괜찮습니다."

미도리는 손에 든 가방을 몇 번이고 두드렸다.

"내 집이거니 하고 편하게 지내세요. 냉장고에 있는 것 중에 먹고 싶은 것 있으면 마음대로 드세요. 오늘도 전에 말했던 청년이 올 텐데 〈독수리 오형제〉 주제가를 알아냈다고 하면 아주 기뻐할 거예요."

"도움이 돼서 다행입니다."

두 사람은 함께 집을 나섰다. 15분쯤 천천히 걸어가니 항구 근처에 천막을 치고 신선한 채소와 과일을 파는 시장이 나왔다.

"이곳 사람들 중에는 시장에서 사지 않고 슈퍼마켓에서 사는 사람도 많아졌대요."

"오, 그래요?"

그러고 보니 시장에 모인 이들은 대부분 관광객이었다.

"나도 여기서 구하지 못하는 것은 슈퍼마켓에서 사지만요. 아아, 저기도 시장이에요."

건물 1층은 생선 가게, 2층은 의류 잡화점이었다. 그리 생기가 도는 활기찬 모습은 아니었다. 둘이 함께 장을 보고 카모메 식당으로 향했다. 미도리는 자기보다 어린 여자가 어떤 식당을 하는지 궁금했다. 오가는 사람도 차도 아주 적었다. 자전거를 탄 사람들이 지나갔다. 도시에서 흔히 입는 옷차림인데 머리에는 레이서용 헬멧을 썼다.

"법률로 정해졌습니까?"

"그렇지 않을걸요. 모두 자기 몸을 보호하기 위해 쓰는 게 아닐까요?"

"그런데 옷하고 안 맞네요."

"음, 이곳 사람들은 그런 건 생각하지 않는 것 같아요. 패션에도 별로 흥미가 없는 것 같고."

옷 가게의 진열대를 보면 도쿄의 변두리 양품점에서도 취급하지 않을 것 같은 무늬의 블라우스가 걸려 있었다.

"이곳 사람들의 평상복은 대체로 트레이닝복이죠. 특히 남자들은 그래요."

"오호."

"그리고 대부분 술을 좋아해서 얼굴이 빨개요."

"아하."

"그래도 좋은 사람들이에요. 무뚝뚝하긴 해도."

이런저런 얘기를 하는 동안 카모메 식당에 도착했다. 아담하지만 아주 느낌이 좋은 가게였다.

"아, 왔다."

사치에가 얼굴을 돌리는 쪽을 보니 한 청년이 손을 흔들면서 달려왔다.

"사치에 씨, 안녕하세요!"

"저 사람이 일본 마니아인 토미예요."

"아주 밝은 사람이네요."

미도리가 감탄하여 보고 있자니, 그가 다가와 숨을 헉헉거리면서 사치에에게 말했다.

"나는 또 왔습니다. 당신하고 이야기하고 싶어서. 잘 부탁합니다."

그리고 옆에 서 있는 낯선 미도리를 보고 "이 사람 누구입니까?" 하고 물었다.

"내 친구 미도리 씨예요."

어제 만났는데 친구라고 해주어서 미도리는 감격했다.

"안녕하세요. 나는 토미 힐트넨입니다. 잘 부탁합니다."

"일본어 잘하시네요."

"고맙습니다. 공부했습니다. 시민 강좌에서. 그러나 잘 틀려. 안 됩니다."

"토미 씨, 미도리 씨가요, 〈독수리 오형제〉 주제가 전부 가르쳐줬어요."

"예? 정말입니까?"

눈알이 튀어나오는 게 아닐까 싶을 만큼 그는 눈을 부릅떴다.

"정말이에요. 전부 가르쳐줬어요."

"하아."

그는 몸서리를 쳤다. 너무 기뻐서 몸에 힘이 빠진 것 같았다.

"일단 안으로 들어가죠."

열쇠를 열고 안으로 들어가는 동안에도 청년은 "독수리 오형제 주제가, 독수리 오형제 주제가" 하고 뭔가에 빙의된 듯이 중얼거렸다.

"자, 여기."

사치에가 그에게 종이를 내밀었다. 미도리가 쓴 가사와 로마자로 표기한 가사 두 장이었다.

"우오오오!"

그는 기쁜 나머지 비명을 질렀다.

"이게 일본어 가사예요. 전부 알겠어요?"

"우오오오오오오오."

또 질렀다.

"아악, 멋집니다. 기쁩니다. 미도레 씨, 감사합니다!"

그는 억지로 미도리의 손을 잡고 두 손으로 악수했다.

"아뇨, 기뻐해주시니 다행입니다."

"예, 아주 기뻐하고 있습니다. 아앗, 훌륭합니다."

그는 로마자 표기로 쓴 가사에 시선이 고정된 채 흥얼거렸다. 그리고 "아악" 하고 절규하면서 기쁨에 겨워 했다.

"드세요."

사치에가 끓여온 커피를 마시면서 토미는 〈독수리 오형제〉 주제가에 몰두했고 사치에는 오프닝 준비를 했다. 미도리는 카모메 식당이 의외로 힘들겠다고 생각했다.

"실례지만, 전 좀 나갔다 오겠습니다."

커피를 다 마신 미도리가 일어섰다.

"미도레 씨, 정말로 감사했습니다. 나는 행복합니다."

"아뇨, 별 말씀을요."

"그럼 미도리 씨, 잘 다녀오세요."

"예, 다녀오겠습니다."

미도리가 가게를 나서자 사치에가 황급히 쫓아 나와 또 확인을 했다.

"주소하고 지도, 갖고 있죠?"

"예, 갖고 있습니다."

미도리는 가방 안을 들여다보고 확인하면서 대답했다.

"다녀오세요."

사치에는 발길을 돌려 가게 안으로 들어갔다. 미도리는 조금 걷다가 들고 있던 지도를 보았다. 지도에 카모메 식당은 없었다.

지도를 보면서 우스펜스키 사원, 심플하고 아름다운 헬싱키 대성당을 돌고 나니, 미도리는 엄숙한 기분이 들었다. 중심가인 에스플라나디 거리를 산책하다 문득 정신을 차리고 보니 아카데미아 서점 안에 있었다. 어찌 된 이유인지 이곳에 오면 마음이 편안하다. 헬싱키에 아카데미아 서점이 있어서 정말로 다행이라고 감사했다.

미도리는 특별히 할 일이 없어서 '보이레이파'라는 오픈샌드위치를 사서 바로 아파트로 돌아왔다. 저녁 일곱 시를 지나니 사치에가 돌아왔다.

"커피 메이커 좀 썼습니다."

"아, 쓰세요, 쓰세요."

"피곤하시죠?"

사치에는 남은 커피를 마시면서 말했다.

"으음, 피곤하다고 할 수도 있고, 피곤하지 않다고 할 수도 있고요."

"역시 손님은 별로 없었습니까?"

"가게 문 열어서 닫을 때까지 있었던 건 그 독수리 오형제 청년뿐이었네요."

"저어, 오늘 걸으면서 좀 생각해봤습니다."

"예."

"제가 식당 일을 도울 수는 없을까요? 이대로 빈대 생활을 하는 것은 너무 죄송하니까요. 그렇다고 줄곧 호텔에서 지내기도 뭣하고. 호텔에 있는 한, 나는 손님인 거니까요. 청소든 뭐든 다 하겠습니다. 물론 월급을 달라고 하지 않겠습니다. 돈이라면 어느 정도 갖고 왔습니다. 이렇게 말하긴 그렇지만, 손님이 많지 않은데 가게에 괜히 한 명 더 있으면 사치에 씨가 오히려 불편하지 않을까 싶기도 하고……."

생각 좀 해볼게요, 라고 말할 줄 알았더니 사치에는 선뜻 "좋아요" 하고 대답했다.

"괜찮다면 내일부터 같이 가게에 가죠. 그렇지만 따분하답니다, 호호호."

"죄송합니다, 무리한 부탁을 해서."

일단 이곳에서 할 일을 찾은 미도리는 한숨을 돌렸다. 가족들이 '국립 무민 핀란드어 전문학교'를 찾는다면 골치 아파지겠지만.

"뭐든 하겠습니다. 잘 부탁합니다."

미도리는 자기보다 나이가 적은 사치에에게 몇 번이나 머리를 숙였다.

그래서 카모메 식당은 두 사람이 일하게 되었다.

종업원을 고용하게 된 사치에가 다음 날 아침 눈을 뜨니, 머리가 엄청나게 뻗쳤다. 그걸 가볍게 쓸어 넘기고 방을 나왔다. 롬퍼스(위아래가 하나로 붙은 옷—옮긴이)에 복대 차림이었다. 미도리도 일어났다. 핑크색 파자마를 입었고 잠이 덜 깬 모습이었다. 사치에에게 지지 않을 정도로 머리카락이 사방팔방으로 뻗쳤다. 미도리는 그걸 쓸어 넘기지도 않고 거실 겸 주방에서 멍하니 서 있다.

"잘 잤어요?"

사치에는 배에서 나오는 크고 힘찬 소리로 인사했다.

"자, 잘 잤습니다."

미도리는 큰 몸을 움츠리고 꾸벅 머리를 숙였다. 잠이 덜 깬 채 서 있는 미도리를 보며 사치에는 성큼성큼 세면실로 가서 세수를 하고 화장실 볼일을 마치고 돌아왔다. 미도리는 그때까지도 멍하니 서 있었다.

"죄, 죄송합니다. 저혈압이어서……."

미도리가 머리를 긁적거렸다.

"아직 시차 때문일지도 몰라요."

사치에는 얼른 옷을 갈아입고 장을 보러 나가기 위해 '파레코파'라는 장바구니를 들었다.

"가게에서 아침을 먹도록 하죠. 괜찮겠어요?"

"예, 괜찮습니다. 아, 얼른 옷 갈아입고 오겠습니다."

겨우 몸에 시동이 걸렸는지 미도리는 방으로 돌아갔다.

"예, 기다릴게요."

미도리는 뻗친 머리 그대로 옷을 갈아입고 모습을 나타냈다.

두 사람은 나란히 아파트를 나왔다. 키 154센티미터의 사치에와 170센티미터인 미도리. 두 사람은 키가 많이 차이나는데도 묘하게 보조가 맞았다. 빠른 걸음으로 걸어가는 사치에에게 뒤처지지 않으려고 미도리가 열심히 따라 걷고 있어서 행진하는 것처럼 보였다.

어제와 마찬가지로 시장에는 산더미처럼 쌓인 채소와 과일이 넘쳐났다. 미도리는 어제는 관광객으로 왔는데 오늘은 이곳 주민으로 시장을 보고 있다. 그것도 별로 손님이 오지 않는다고 하는 식당의 종업원이 되어서. 미도리는 갑자기 힘이 넘쳤다.

"시장이란 곳은 어째서 이렇게 즐거울까요. 매일 와도 질리지 않죠? 어디서 어떤 물건을 파는지 다 알고 있는데 어째서 질리질 않는 건지, 그게 신기합니다."

미도리는 오렌지를 들고 냄새를 맡으며 말했다.

"언제나 똑같으니까 오히려 질리지 않는 거 아닐까요? 파는 사람도 파는 물건도 살아 있다는 느낌이 들고. 아무리 시장이어도 파는 물건들이 축 늘어져 있으면 아무도 사지 않잖아요. 하늘 바로 아래서 팔고 있으니 속이 확 뚫리는 기분도 들고 말이에요."

사치에는 그렇게 말하며 심호흡을 했다. 미도리는 진열된 과일을 들고 하나씩 향을 맡았다.

"도쿄에 있을 때 가끔 고급 슈퍼마켓에서 장을 봤습니다. 월급을 받은 직후에요. 구경 온 것 같은 직장 여성들한테 난 당신들하고는 차원이 좀 달라, 하고 으스대고 싶은 마음이었다고나 할까요. 지금 생각해 보면 직장 생활을 하는 주부가 장보러 나온 것 정도로밖에 보이지 않았을 텐데 말이죠. 양상추 한 통 800엔, 양배추 600엔, 조개관자 몇 개가 1200엔. 굉장한 가격이죠. 머리 한구석으론 '비싸! 집 근처 채소 가게나 생선 가게에서 사면 몇 분의 일만 줘도 살 텐데' 생각하면서, 또 다른 마음은 고급 슈퍼마켓에서 장을 보는 게 우쭐했습니다. 그러나 그건 그걸로 끝이더군요. 이곳 시장처럼 장을 봐도 즐겁지가 않았습니다. 괜히 허세를 부려놓고는 집에 돌아와서 봉지에서 물건들을 꺼내 가격을 보고는 새삼 놀라고 그랬죠. 그런데 그러면서도 기분은 왠지 나쁘지 않더라는 거죠. 이상한 반복이었습니다. 어디가 잘못됐던 걸까요."

미도리는 여전히 진열된 과일들을 손에 들고 쿵쿵 냄새를 맡았다.

"난 그런 생활 이제 잊어버렸어요."

사치에는 여기저기 넋을 놓고 구경하는 미도리를 버려두고 빠른 걸음으로 시장 안을 돌아서 필요한 채소와 과일을 샀다. 이미 단골이 된 아주머니, 아저씨와 대화도 나누고 하다 보니 눈 깜짝할 사이에 장보기가 끝났다. 미도리가 숨을 헉헉거리며 달려왔다.

"키가 커서 정말 다행이라고 생각할 때는 이렇게 인파 속에서 사람을 바로 찾을 때랍니다. 만약 내가 이런 성격에다 키까지 작았더라면 어딜 가든 미아가 됐을 테지요. 외국에 가면 그걸로 끝일 겁니다, 분명."

"그래서 나는 이런 성격일까요?"

사치에가 웃었다.

"예, 그렇습니다. 인간은 참으로 조화롭게 만들어졌습니다."

그렇게 말하면서 미도리는 사치에의 손에서 장바구니를 받아 들었다.

"저기, 이게 다 본 건가요?"

"이것도 남을 때가 있어요."

"그렇습니까."

미도리의 마음이 좀 어두워졌다. 괜히 자기가 일을 돕겠다고 해서 사치에에게 부담을 준 건 아닐까.

"오늘부터 둘이서 열심히 합시다."

사치에가 미도리의 어깨를 탁탁 쳤다.

"손님이 많이 오면 좋겠는데 말입니다."

미도리는 진심으로 걱정했다.

"그러게 말이죠."

대답에 비해 사치에는 묘하게 밝았다.

"그렇지만 잘될 겁니다, 열심히 하면. 어떤 가게든 처음부터 사람이 우르르 오진 않잖아요. 정직하게 해나가다 보면 분명 잘될 겁니다."

"그러게요."

사치에의 입에서 나오는 말은 '그러게요'뿐이었다.

멀리서, "사치에 씨, 아, 미도레 씨, 안녕하세요" 하는 소리가 들렸다. 가게 앞에서 기다리고 있는 사람은 어김없이 토미였다.

'무사도'라는 한자가 씌어 있는 티셔츠를 입고 가게 앞에서 힘껏 손을 흔들고 있었다.

"오늘은 일찍 왔네요."

사치에가 아는 척을 했다.

"예, 나는 일찍입니다. 아닙니다, 일찍입니까?"

"일찍입니다."

"그렇습니까? 과연."

사치에는 가게 문을 열고 "자, 들어가세요" 하고 토미를 안으로 들였다.

그의 지정석은 제일 구석 자리 테이블이었다. 사치에는 토미가 가게에 온 뒤로 줄곧 그를 위해 커피 한 잔은 서비스로 주고 있었다. 그는 그 커피와 물만 마시고 가서 한 번도 돈을 낸 적이 없다.

"부탁합니다."

"아, 예."

미도리는 쟁반에 커피를 담아 토미에게 갖다 주었다.

"여기 있습니다."

"고맙습니다. 미도레 씨."

"미도리입니다."

"아아, 미안합니다. 미도리 씨, 고맙습니다."

청년은 두 손을 모았다. 주방 안에서는 사치에가 콧노래를 흥얼거리며 자신과 미도리의 아침 식사를 준비했다.

"봤어? '어린이 식당'에 사람이 늘었어."

이웃 사람들은 예리했다.

"봤어, 봤어. 만날 오는 일본 마니아 청년하고 아이하고 어른이 있어."

"그 사람이 주인인가?"

"아냐, 아닌 것 같아. 저 아이가 지시를 하고 어른이 시키는 대로 듣는 것 같아."

"그럼 역시 저 아이가 주인인가."

"알겠다!"

양품점 아주머니가 손뼉을 쳤다.

"저 아이는 엄청 부자거나 지위가 높은 사람의 자식이야. 분명 고향에서 걱정돼서 보디가드가 와 있는 게 아닐까?"

"오, 그럴 수도 있겠네."

모두 흥미진진하게 카모메 식당을 들여다보았다.

대개의 경우 손님은 8할 정도 차 있었다. 사치에는 영어도 잘하고 핀란드어도 할 줄 알아서 손님 응대가 능숙했지만, 핀란드어는 물론 영어도 못하는 미도리는 미소로 응대할 수밖에 없었다. 활짝 웃는 얼굴로 진심으로 "또 오십시오" 하고 마음을 담아 응대했다.

"미도리 씨, 아주 느낌이 좋은데요?"

사치에가 칭찬해주었다.

"어, 그랬나요? 도움이 되면 좋겠습니다만."

미도리는 수줍어했다.

"괜찮아. 느낌 좋아, 느낌 좋아."

토미는 무슨 말인지 아는지 거들먹거리며 미도리에게 말했다.

"예에, 고맙네요."

대답하면서 미도리는 사치에도 참 힘들겠다고 동정했다.

오후가 되어 토미도 학교에 가고 손님이 뜸할 즈음에, 사치에가 물었다.

"미도리 씨가 봐서 바꾸는 게 좋을 것 같다고 생각되는 점이 있나요?"

가게 분위기도 좋고, 요리도 음료도 맛있다. 전혀 바꿀 게 없을 것 같았다. 문득 테이블 위를 보니 메뉴판이 눈에 들어왔다. 핀란드어, 영어, 일본어로 각각 표기되어 있다.

"저기, 메뉴판 말입니다."

"예, 예."

사치에가 몸을 앞으로 내밀었다.

"좀 차가운 느낌이 듭니다."

"아아, 그거요. 제가 컴퓨터로 작성한 것을 그대로 써서 그래요."

"여기에다 그림이랄까, 일러스트를 넣으면 어떨까 싶습니다."

"오, 정말요."

그러고 보니 너무 차갑네요, 하고 사치에는 고개를 끄덕였다. 운동 신경도 좋고 요리도 잘하고 머리도 좋고 뽑기 운도 좋은 사치에지만, 유일하게 그림만은 못 그렸다.

"도쿄에서 카페 같은 데 보면 손글씨 풍 메뉴판을 준비한 곳들이 있긴 하던데. 그런데 우리는 일본 음식이 많아서 그림이 통할까요?"

"한번 그려볼까요?"

미도리는 펜을 빌려서 '오니기리'라고 쓰고, 그 옆에 동그라미와 세모로 된 오니기리 그림을 그렸다. 그것은 소박하면서도 어딘지 모르게 세련된 터치였다. 사치에는 한눈에 마음에 들었다.

"굉장해요. 미도리 씨, 글씨뿐만 아니라 그림도 잘 그리는군요."

"예. 그림은 대회에 나가 입상한 적이 있습니다."

"정말 좋아요. 따뜻한 느낌이 나고. 메뉴판을 바꿔요, 우리."

미도리는 자신이 '친절 미소' 말고도 가게에 실제로 도움 되는 일이 있어서 다행이라며 가슴을 쓸어내렸다. 즉시 가게 문을 닫고 둘이서 메뉴 제작에 필요한 재료와 필기구를 사러 갔다. 서예용 가는 붓도 간신히 찾아서 그럭저럭 새로운 디자인의 메뉴판을 만들 수 있을 것 같았다. 그녀는 가게로 돌아왔다.

"사치에 씨, 미도레 씨."

토미가 손을 흔들고 있었다.

"학교는?"

"학교 갔습니다. 공부 끝났습니다."

토미는 수업이 끝나면 또 바로 카모메 식당으로 돌아온다. 귀소본능이냐, 하고 어이없어하면서 미도리는 묵묵히 두 사람의 대화를 듣고 있었다. 가게 문을 열자, 그는 얼른 지정석이거나

한 듯이 안쪽에 가 앉았다. 또 사치에는 커피를 끓인다.

"자, 토미한테 갖다 주세요."

사치에가 그렇게 말해도 사정을 알고 나니 다른 손님에게처럼 친절하게 대할 수가 없었다. 그렇다고 퉁명스럽게 할 수도 없어 미도리는 살짝 얼굴을 찡그리면서도 눈치 채지 못하도록 "드세요"라고 커피 잔을 그의 앞에 내려놓았다.

"고맙습니다. 미도레 씨."

"미도리입니다."

"아아, 미도리 씨. 아하하."

쑥스럽게 웃는 그를 향해 속으로 '뭐가 아하하냐' 대꾸하면서 빙그레 웃어주었다.

"이것 아주 좋습니다."

그는 미도리가 그린 메뉴판을 몸을 비틀며 칭찬했다.

"좋습니까?"

"예, 아주 좋습니다."

그렇게 과장스럽게 기뻐할 건 뭐람, 생각하면서도 미도리는 토미의 칭찬이 그리 싫지만은 않았다. 손님도 별로 오지 않아 미도리는 주방 구석에서 채소 볶음, 프라이팬, 된장국, 조림, 샐러드 그림을 그려보았다. 청어, 연어, 게 그림도 그렸지만, 세세한 부분까지 기억나지 않아 도서관에 가서 조사해봐야겠다는 의욕이 마구 솟구쳤다. 한가한 토미는 흘끗흘끗 미도리의 그림을 들여다보았다.

"이것은 한자."

'鮭(복어, 연어 등 조리한 어채의 총칭―옮긴이)'자를 손가락으로 가리켰다.

"맞아요."

"이것은 무엇입니까?"

아마 핀란드어로는 뭐라고 부르는지 묻는 듯하여 미도리가 사치에 쪽을 바라보자, 재빨리 "메리로히"라고 대답했다.

"오."

그는 만족스럽게 끄덕였다.

"이것은 사무라이 정신, 맞습니까?"

이번에는 자기가 입고 있는 티셔츠를 가리켰다.

"그렇군요."

"오."

또 감동한다. 그리고 가방 안에서 노트를 꺼내더니 "미도레 씨, 이것, 이것 써주십시오" 하고 '鮭'와 '武士道(무사도)'를 가리켰다.

"예, 알겠습니다."

미도리는 한자로 토미의 노트에 써주었다.

"오오."

토미는 기뻐하며 마침 자기가 들고 있는 잡지에 미카 하키넨(핀란드 출신 F1 선수―옮긴이)이 실려 있는 것을 보고 그것도 한자로 써달라고 했다. 미도리는 '폭주족 그룹명 같네'라고 생각하면서, '美加發記念'이라고 써주었다. 사치에가 글자의 의미를 하나하나 설명해주었다.

"오오오오."

토미는 흥분하기 시작하더니 자기 이름을 노트 표지에 한자로 써달라고 했다.

'豚身畵斗念'이라고 쓰고는 글자의 의미는 설명하지 않았다.

"오오오오오."

〈독수리 오형제〉 주제가를 알았을 때와 마찬가지로 그의 기쁨은 절정에 달했다.

"훌륭합니다, 훌륭합니다. 하키넨하고 마지막 글자 같아."

토미가 '念(넘)' 자를 가리키며 흥분했다.

"미도레 씨, 감사합니다."

그는 두 손을 모아 몇 번이고 머리를 숙였다.

"뭘요."

토미가 가게 구석 자리에서 기쁨에 떨고 있을 때, 여성 3인조 손님이 들어왔다. '어린이 식당 정찰대'였다. 밖에서는 날마다 들여다보았지만, 가게로 들어오는 것은 처음이었다. 미도리는 벌떡 일어나서 얼굴에 한가득 미소를 띠며 맞이했다. 그녀들은 메뉴도 보지 않고 커피, 홍차, 시나몬 롤을 주문했다. 주문 받기는 회화가 가능한 사치에가 받고, 미도리는 뒤에서 최대한 미소를 지으며 서 있었다. 일단 오니기리도 권해보았지만 거절당했다. 주문 받기는 미도리가, 만드는 것은 사치에가, 이렇게 저절로 두 사람의 역할 분담이 확실해졌다.

"봐, 어른 쪽이 조심스럽잖아. 아이 쪽이 주도권을 쥐고 있는 게 확실해."

"어른은 꽤 상냥하네. 아이한테 많이 신경을 쓰는 것 같아."

"봐, 봐. 저 아이, 손재주가 참 좋네. 대단한 아이야."

세 사람은 서로 속닥거리면서 사치에를 관찰했다. 그사이 미도리가 생글생글 웃으면서 주문한 음식을 내려놓았다.

"이건 수제?"

한 사람이 시나몬 롤을 가리켰다. 그러나 핀란드어를 모르는 미도리가 당황해서 서 있자, 사치에가 와서 자기가 만든 거라고 설명했다. 세 사람은 만족스럽게 고개를 끄덕였다.

"저 아이는 정말 대단하네. 핀란드어도 하고 빵도 직접 만들었다잖아. 게다가 이거 아주 맛있는걸."

사치에와 미도리가 주방 쪽으로 가자 한마디씩 칭찬했다.

"이거 보세요." 그때 토미가 끼어들자, 세 사람은 뭐냐? 하는 얼굴로 보았다.

"'미카 하키넨'을 일본어로 써주었어요."

그렇게 말하면서 노트를 보여주었다.

"흠."

3인조는 그 노트에 별 감흥은 없었지만, 여자아이가 일본 사람이란 걸 알았고, 수수께끼가 조금 풀린 것이 만족스러웠다.

"총각은 이 가게 개업한 뒤로 줄곧 왔지?"

"맞아요. 내가 첫 손님이에요."

토미가 아주 자랑스럽게 얘기했다. 자기가 얼마나 일본에 대해 잘 아는지 이것저것 자랑하고 싶은 것 같았지만 세 사람은 무시했다.

"아주 좋은 가게네요. 또 올게요."

세 사람은 빈말이 아닌 듯한 인사를 하고 돌아갔다.

"잘됐네요."

미도리는 자기도 모르게 사치에에게 바싹 다가가 속삭였다.

밤이 되니 손님도 없고 한가해서 여덟 시쯤 아파트로 돌아왔다. 교대로 샤워를 마친 후 파자마 차림으로 거실에서 휴식을 취했다.

"오늘도 수고 많았습니다."

두 사람은 서로에게 머리를 숙였다.

"어땠어요?"

"예, 의욕이 생겼습니다. 메뉴판도 다시 잘 만들어보겠습니다. 사치에 씨한테 방해가 되지 않도록 하겠습니다."

"방해라니 말도 안 돼요. 정말 고마워요. 내가 못하는 부분을 채워주어서."

"못하는 일이라니요. 사치에 씨는 뭐든 잘하지 않습니까. 부럽습니다."

"저도 그림 잘 그리고 글씨 잘 쓰는 사람이 부럽다고요."

그렇게 말하면서 사치에는 정좌 자세에서 상반신을 꼿꼿하게 세우고 무릎으로 앞으로 나아가기도 하고, 뒤로 돌아가기도 했다. 미도리가 깜짝 놀라서 보고 있으니 "이건 합기도의 슬행법(膝行法)이라고 해요. 앉아서 하는 기술의 기본이죠"라고 설명했다.

"매일 밤 합니까?"

"어릴 때부터 습관이 됐어요. 어쩌다 건너뛸 때도 있는데 그럴 때면 몸이 영 찜찜해요."

"저도 옛날에 요가를 좀 배운 적이 있습니다."

어딘지 모르게 흥분한 미도리는 바닥에 엉덩이를 붙이고 앉아 오른쪽 다리를 획 하고 들었다. 그리고 발목을 잡고 목 뒤로 가져가려고 애썼다. 사치에가 당황하며 말렸다.

"안 돼요, 안 돼. 갑자기 무리하면 근육 다쳐요."

"아뇨, 딱 한 번 성공한 적 있습니다. 이걸 해야 요가를 했구나 하는 느낌이 들어서……."

"그래도 지금은 그만하는 게 좋겠어요. 평소에 요가를 자주 하세요?"

"아뇨, 15년 만입니다."

"예에? 그럼 안 돼요."

사치에가 열심히 말렸지만, 미도리는 오른쪽 발목을 무리하게 목 뒤로 넘겼다.

"봐요, 됐잖습니까."

확실히 자세로는 그랬지만 다리를 무리하게 목에 걸쳐놓은 미도리는 심하게 헉헉거렸다.

"알았어요, 알았으니 얼른 원래대로 돌려놓으세요. 무리하면 안 돼요. 사알—며시예요, 사알—며시."

사치에가 안절부절못하며 미도리의 주위를 빙글빙글 돌았다.

"아악!"

미도리가 비명을 질렀다.

"왜 그래요?"

"빠, 빠지지 않아요!"

"예에?"

사치에는 당황했다. 평소 꾸준히 단련했다면 몸도 관절도 유연했겠지만, 15년 만에 그것도 이런 무리한 자세를 하니 어딘가 이상해진 게 분명했다.

"아야야야."

미도리가 이번에는 통증을 호소했다.

"괜찮아요? 괜찮겠어요? 천천히 뺄 테니 되도록 목을 아래로 숙여 주세요."

"아야, 목이랑 등이 아파요."

"안 되겠어요. 눕는 편이 좋겠어요. 가만히 눕혀드릴게요. 괜찮아요? 아프면 말해주세요."

사치에는 조금씩 미도리의 오른쪽 다리를 움직였다. 그때마다 미도리는 "아야야야" 하고 신음했다.

"괜찮아요?"

사치에는 몇 번이나 물으면서 간신히 목에 걸쳐 있던 미도리의 오른쪽 발꿈치를 빼냈다.

"아이고."

그 순간 탈진한 두 사람은 나란히 큰 대자로 뻗었다.

"죄송합니다."

미도리가 바닥에 뻗은 채로 사과했다.

"별말을요."

사치에도 그대로 뻗은 채 대답했다.

"이제 요가는 하면 안 돼요."

그 후 일주일 동안, 미도리는 오른쪽 다리의 허벅지 관절이 다 열린 것 같은 기분이었다. 일본에서 멀리 떨어진 핀란드에서 마흔을 넘은 자신의 나이를 새삼 깨달았다.

한동안 미도리는 사타구니에서 파스 냄새를 풍겼지만, 보름, 한 달 지나는 동안 두 사람의 호흡은 절묘하게 맞아들었다. 미도리는 무급으로 일하겠다고 했지만, 사치에는 미도리에게 아르바이트비를 챙겨주었다. 처음에는 약간 소극적이던 미도리도 사치에의 일을 도와주고 싶은 마음에 이런저런 의견을 냈다. 시장에 물건을 사러 갈 때는 둘이서 갔고 미도리는 짐 들기와 생필품을 보충하는 것은 자신의 역할이라고 생각했다.

"도저히 이 양은 식당의 식재료라고 생각할 수 없네요."

시장에서 장을 볼 때마다 미도리가 하는 말이었다. 확실히 가게를 한다기보다 식구가 좀 많은 가족들의 하루 식사 분을 장보는 느낌이었다.

"냉동해 둔 것도 있으니까요. 그래도 좀 적긴 하죠."

"저어, 얹혀사는 주제에 이런 말 하는 것도 뭣하지만, 사치에 씨, 조금 생각해보는 편이 좋지 않겠습니까?"

"어떤 걸요?"

"좀 더 욕심을 내는 것도 좋지 않을까 싶습니다. 자원봉사 하는 게 아니니까요. 재정에 대해선 제가 관여할 문제는 아닌데, 현재 가게가 잘되는 편은 아니잖습니까. 꼭 대박 나야 하는 건 아니지만, 지금 상태라면 적자만 늘어나지 않을까요. 그런 마당에 제가 식솔로 있는 것도 문제입니다만. 말도 아직 배우지 못해서 도움도 되지 못하고."

사치에는 말없이 웃고 있다.

"미안합니다."

미도리는 장바구니를 든 채 꾸벅 머리를 숙였다.

***

일이 끝난 뒤 아파트로 돌아와서도 미도리는 적극적으로 제안했다.

"오니기리 말입니다만, 사치에 씨는 언제나 그걸 권하더군요."

"사람들이 가장 많이 먹어주었으면 해서요."

"인기가 없다는 거지요."

"전혀 없죠."

"역시 여기서는 말입니다, 핀란드 사람들이 좋아할 만한 걸로 내용물을 바꾸는 편이 좋지 않을까요? 보세요, 일본에서도 오니기리를 편의점에서 팔기 시작한 뒤로 젊은이들 취향에 맞게 마요네즈로 버무린 메뉴를 개발하기도 하고, 닭튀김이나 돈까스를 넣기도 하잖습니까?"

"으음."

사치에는 떨떠름해했다.

"일본 젊은이들이 가다랑어 포, 다시마, 매실 장아찌 같은 걸 좋아하지 않기 때문입니다. 외국인이라면 더욱 그렇겠지요. 요전에 시장에 갔을 때, 문득 생각난 게 있어서 적어두었습니다."

미도리는 노트를 보여주었다. 거기에는 여러 종류의 오니기리 일러스트가 그려져 있었다. 사치에는 진지하게 들여다보았다.

"역시 이곳 사람들이 좋아하는 재료를 사용하는 편이 좋다고 생각합니다. 연어는 익숙할 테니 그냥 두고요. 보세요, 이런 건 어떻겠습니까?"

덴무스(튀김이 들어간 주먹밥—옮긴이)에서 힌트를 얻었는지 가재 튀김을 올린 가재 오니기리, 사슴 고기 오니기리, 이 지역 사람들이 좋아하는 청어를 넣은 청어 오니기리가 있었다. 일러스트 옆에는 각각 'rapu(가재)', 'Hirvenliha(사슴 고기)', 'Silakka(청어)'라고 핀란드어로 적어놓았다.

"그 나라 미각에 다가가는 것도 필요하지 않겠습니까?"

미도리는 살아오면서 자신이 이렇게 적극적이었던 적이 없었다는 생각을 했다. 그런 환경에 있지도 않았고, 자신도 그렇게 하지 않았다. 그러나 왠지 이곳에서는 사치에에게 도움이 되고 싶었고, 스스로도 뭔가 하고 싶었다.

"알겠습니다. 그럼 다음 휴일에 한번 만들어볼까요?"

일요일에 두 사람은 장을 봐두었던 재료로 오니기리를 만들어보았다. 주방의 작은 테이블 위에 오니기리가 늘어섰다. 가재는 덴무스처럼, 사슴 고기는 크림을 좋아하는 이 지역 사람들의 취향에 맞게 마요네즈로 버무려서, 청어는 초절임을 한 뒤 간장을 조금 뿌려 안에 넣었다. 한 개씩 시식을 해보았다.

"덴무스는 가재 꼬리가 나와 있어서 모양은 그럭저럭 괜찮지만, 맛은 잘 모르겠네요."

"그렇군요. 그렇다고 가재 한 마리를 통째로 오니기리에 꽂을 수도 없고."

다음은 사치에가 가장 난색을 표했던 사슴 고기 오니기리다.

"아무리 이곳 사람들이 크림을 좋아해도 이건 좀……."

사치에가 얼굴을 찡그리는 데 비해, 미도리는 "의외로 먹힐지도 모릅니다" 하고 적극적이었다.

"그럴까요."

"이곳 사람들은 정말로 크림을 좋아하니까요. 일본 사람한테는 안 맞아도 핀란드 사람한테는 맞지 않을까요?"

"흐음."

사치에는 고개를 갸웃거렸다.

"청어는 소금에 절인 뒤에 염분을 빼는 게 문제군요. 그렇지만 오니기리하고는 궁합이 맞네요."

"으음, 그렇지만 역시 비린내가 나요."

"그럼 염분을 더 빼서 튀기면 어떨까요?"

어느 쪽이든 사치에는 적극적이지 않았다.

"안 되는…… 거겠죠?"

미도리가 조심스럽게 물었다.

"안 된다기보다 오니기리는 일본인의 소울 푸드잖아요. 그걸 이곳 사람들이 먹어주길 바라는 게 무리인지도 모르지만, 너무 퓨전으로 하는 건 좀 그래요. 역시 오니기리는 연어, 가다랑어 포, 다시마, 매실 장아찌가 최고예요. 일본에서든 어디에서든."

사치에는 등을 꼿꼿하게 펴고 미도리를 보았다. 사치에는 어디에 있어도 남의 말에 쉽게 흔들리지 않는 심지를 가지고 있었다. 돈벌이 제일주의인 사람이 아니었다. 미도리는 이 시도가 이것으로 끝이란 걸 알았다.

"죄송합니다. 괜히 혼자 우겨서. 어떻게든 해서 짐이 되기보다 도움이 되고 싶어서……."

"충분히 도움이 되고 있어요. 오늘도 미도리 씨가 말해주지 않았더라면 이런 시도를 해보지도 못했을 테고요. 오니기리가 아니더라도 많은 도움이 되고 있답니다."

"고맙습니다."

두 사람은 그제야 안도의 한숨을 쉬고 커피를 마셨다.

"수고하셨습니다."

서로 인사를 하고 각자의 방으로 해산했다. 사치에는 앞으로 가게의 방침에 대해 생각했다. 미도리의 말처럼 매상을 생각하는 게 좋을지도 모른다. 그러나 그걸 최우선으로 할 수는 없었다. 모두가 기대를 품고 찾아와 식사를 하고 즐겁게 돌아가면 된다. 가게가 잘되는 건 아니지만, 가게에서 팔고 있는 어떤 것이

든, 커피든 홍차든 빵이든 과자든 그걸 먹어 본 사람들이 반드시 다시 찾아오고 있다. 그 사람들이 친구를 데리고 와주기도 해서 손님이 조금씩 늘고 있는 것은 분명했다. 그것은 가게에 대한 신뢰다. 화려한 광고나 행사를 하지 않았지만, 이웃 사람들이 와주고 있었다.

"요전에 먹은 시나몬 롤이 맛있어서 또 왔다우."

이렇게 말해주는 아주머니들도 있다. 장사꾼으로서는 실격일지도 모르지만, 사치에는 그런 작은 일이 기뻤다.

미도리가 거실에서 자기 전에 읽을 책을 고르려고 책장에 손을 뻗는데 사치에의 방문이 조금 열려 있는 것이 보였다. 무심히 안을 들여다보니 롬퍼스를 입은 사치에가 트렁크를 열고 있는 뒷모습이 보였다.

"!"

미도리는 헉 하고 숨을 삼켰다. 그 트렁크 속에는 달러와 일만 엔짜리 지폐가 빼곡하게 들어 있었다. 미도리는 살그머니 책을 빼고 발소리가 나지 않도록 주의를 기울이며 방으로 돌아왔다. 그리고 그 책을 꼭 껴안고 방구석에 웅크렸다.

"그건…… 틀림없이…… 틀림없어……."

가슴이 쿵쿵 뛰었다. 그건 아무리 봐도 '어린이 은행권'이 아니었다.

"사치에 씨, 엄청나게 부자였구나."

돈의 출처가 무엇이든 간에 사치에가 여기서 식당을 하고 있다는 사실은 분명했다. 사치에가 돈벌이에 연연하지 않는 이유를 알 것 같았다. 한편으로는 화려하게 꾸미지 않고, 깔끔하고 소박하게 가게를 꾸민 사치에의 마음도 이해할 수 있을 것 같았다.

"그 뜻을 따르겠습니다."

미도리는 그렇게 중얼거리며 침대 속에 들어가, 일본에 있는 오빠에게 무사히 국립 무민 핀란드어 전문학교에 다니고 있으니 안심하라고 엽서를 썼다.

다음 날 아침, 일어나서 나오는 미도리에게 먼저 일어나 있던 사치에가 "치약이 떨어졌습니다" 하고 나무라는 모습도 없이 빈 치약 튜브를 내밀었다.

"아……, 미안합니다. 오니기리 문제로 머리가 꽉 차서 그만."

미도리의 어깨가 움츠러들었다.

"그러니까 이걸로 닦으세요."

사치에가 작은 유리그릇에 담은 베이킹 소다를 미도리에게 건넸다.

"미안합니다. 오늘 꼭 사다놓겠습니다."

"예에."

사치에는 전혀 개의치 않고 롬퍼스 차림에서 평상복으로 갈아입었다. 미도리는 아침을 먹자마자 서둘러 치약과 두루마리 휴지를 사러 슈퍼마켓에 다녀왔다. 생필품 보충을 끝낸 두 사람은 거실에서 멍하니 있었다.

"오늘은 무슨 특별한 계획이 있어요?"

사치에가 미도리에게 물었다.

"아뇨, 아무것도."

"사우나에 가지 않을래요? 거기 나쁜 피를 뽑아주는 사람이 있대요."

"나쁜 피라니 어떻게요?"

"글쎄요. 나도 들은 얘기지 가본 적은 없어요."

사치에는 일본에서도 나쁜 피가 고인 곳에 거머리를 이용해 빨아내게 하는 방법이 있다는 말을 들은 적 있었다. 여기서도 거머리를 사용하는 걸까?

"아플까요?"

"글쎄요, 사람들이 꽤 많이 간다고 들었는데 그렇게 아프면 안 가지 않을까요?"

"그렇군요."

아프면 싫은데 하면서도, 두 사람은 나쁜 피를 뽑아주는 사우나에 연락하여 예약을 했다. 그곳에서는 호감가는 인상의 여성이 상냥하게 맞아주었다. 거머리는 나오지 않는 분위기였지만, 그래도 안심할 수 없었다. 사치에와 미도리는 사우나에서 낯선 들판에 내팽개쳐진 아기 새들처럼 바싹 붙어 있다가, 과감히 결심을 하고 나쁜 피를 빼는 시술에 들어갔다. 사치에는 간이침대에 엎드리라는 지시에 얌전하게 따랐다. 이른바 흡옥(吸玉)요법으로, 컵 속에 알코올을 붓고 불을 붙여서 진공상태로 만든다. 그런 컵을 등 위에 몇 군데 놓고 몸속에 있는 나쁜 피를 빨아올린다. 그러면 등은 내출혈과 흡인 자국으로 마치 괴물의 등처럼 변한다.

"아하하."

두 사람은 서로의 등을 보고 웃었다.

"겉보기야 어쨌든 몸이 가벼워진 것 같은 기분이 드네요."

사치에는 어깨를 빙글빙글 돌렸다.

"그렇군요, 개운한 느낌입니다."

"그런데 나쁜 피가 나왔다는 것은 피가 줄었다는 것이지요?"

"아마도."

"빈혈이 생기는 건 아닐까요?"

사치에는 보기 드물게 걱정스러운 표정을 지었다.

"줄긴 주는 거니까요. 손실 보충은 어떻게 되는 걸까요?"

두 사람은 서로를 바라보며 고개를 끄덕였다.

"어쨌든 손실된 피를 보충합시다."

의견이 일치된 둘은, 그날 밤 집에서 고기를 구워 먹었다.

다음 날, 가게에 갔더니 토미가 먼저 와서 기다리고 있었다. 언제나처럼 "사치에 씨, 미도레 씨" 하고 큰 소리로 부르면서 손을 흔들었다.

"안녕하세요."

사치에의 상냥한 태도는 변함없었지만, 미도리는 말투가 거칠어졌다.

"나는 빠릅니까. 빠르지 않습니다. 그렇습니까, 이것으로 좋습니까?"

"아직 가게 문도 안 열었잖아요."

미도리가 나무라듯이 말하니, 그는 눈이 동그래졌다.

"자, 들어오세요."

사치에가 문을 열자마자 그는 신이 나서 폴짝폴짝 뛰듯이 가게 안으로 들어가 지정석을 차지했다. 물론 오늘도 서비스 커피.

"사치에 씨, 괜찮습니까? 나 줄곧 경리 일을 해봐서, 아니 경리 일을 하지 않은 사람이어도 이 상황을 보면 압니다."

미도리는 좁은 주방에서 허리를 구부리고 충고했다.

"어때요, 커피 한 잔쯤이야."

"한 잔쯤이라고 하지만 제가 여기 온 뒤로 토미는 거의 매일 공짜로 마시고 있습니다. 저 사람 오래 있기는 엄청 오래 있으면서 다른 건 도대체 아무것도 주문하지 않아요. 고작 주문해야 홍차 티백 한 개. 다 마시면 또 뜨거운 물 달라 해서 우려 마시고. 보통 사람 같으면 그러지 못할 텐데 말입니다."

뒤에 바짝 붙어서 충고하는 미도리를 떼어놓듯이 사치에는 훌쩍 몸을 돌려 주방을 나가 청년 앞에 커피 잔을 내려놓고는 돌아와 말했다.

"학생이라 돈이 없잖아요."

그때 토미가 가방에서 소중하게 뭔가를 꺼내더니 손바닥 위에 조심스럽게 올려 두 사람에게 다가왔다.

"보세요, 대단합니다. 매우 대단합니다. 봐주십시오."

두 사람이 돌아보니 그것은 일본에서 발행된 〈독수리 오형제〉 우표였다. 일본에서 발행됐다는 소식을 듣고 너무 갖고 싶어서, 인터넷 구매를 대신 해줄 만한 일본인을 찾아 겨우 손에 넣었다고 했다.

"일본 사람, 매우 친절합니다. 사준 사람, 65세, 남자 사람. 기쁩니다."

그 남자와는 전혀 모르는 사이로, 인터넷 게시판에서 우연히 알게 되어 우표를 사서 보내달라고 부탁했다고 한다.

"나의 보물입니다."

뺨에 홍조까지 띠며 기뻐하는 그에게 미도리는 "아, 잘됐네요" 하고 건성으로 대답했다.

"고맙다는 인사는 제대로 했어요?"

역시 사치에는 예의에 민감하다.

"예. 감사의 메일을 보냈습니다. 크리스마스에는 카드를 보냅니다."

"그래요. 그렇게 해드리세요."

"예."

그는 소중한 보물을 다루듯이 우표를 가방에 넣었다. 자리에 앉아서도 우표를 꺼냈다가 넣었다가 꺼냈다가 넣었다가 몇 번이나 되풀이하며 기쁨에 젖은 모습이었다.

얼굴을 익히게 된 손님이 몇 팀이나 와준 그날 저녁 무렵, 문득 가게 밖으로 시선을 돌리던 미도리는 창문 너머로 오십대 후반으로 보이는 아주머니가 서 있는 것을 보았다. 흥미로워서 보고 있다기보다 노려보는 것 같은 느낌이었다. 그걸 발견한 미도리가 옆에서 샐러드를 만들고 있는 사치에에게 "사치에 씨, 밖에, 밖에" 하고 소곤거렸다.

"어?"

얼굴을 든 사치에도 뭔가에 화난 것처럼 가게 안을 노려보고 있는 아주머니의 모습을 보았다.

"저 사람 왜 저러죠?"

이상하게 생각하고 있던 중 두 사람은 서로 눈이 마주쳤다. 가게 안에서 사치에는 빙그레 웃어 보였지만 반대편의 그녀는 무뚝뚝한 표정 그대로였다. 그러더니 횡하니 사라졌다.

"아는 사람이에요?"

미도리는 고개를 갸웃거렸다.

"글쎄요. 가게에는 온 적 없는 사람이네요."

"화가 난 것 같았습니다."

"그러게요. 무슨 일이지."

어쨌든 기분 좋은 일은 아니었다.

그날 밤, 아파트로 돌아와서도 두 사람은 그 아주머니가 신경 쓰여 잠이 오지 않았다.

3장

마사코

언제나처럼 아침부터 토미를 맞이하면서 두 사람은 하루 일과를 시작했다. 사치에도 지루함을 때우느라 잔을 닦고 또 닦던 시간이 없어졌고, 종일 바쁘게 서서 일했다. 개업 당시와 비교하면 확실히 손님 수가 늘었지만, 오니기리만큼은 여전히 인기가 없었다. 미도리도 최소한의 핀란드어를 배워서 서툴지만 조금씩 회화를 할 수 있게 되었다. 그렇게 되니 하루가 어찌나 빨리 지나가는지 눈 깜짝할 사이에 저녁이 되었다. 완두콩 수프를 뜨면서 문득 바깥을 보던 미도리는 어제 왔던 무뚝뚝한 표정의 아주머니가 또 서 있는 것을 발견했다. 뿐만 아니라, 조금 떨어진 곳에 동양인으로 보이는 몸집이 자그마한 중년 여성까지 가게 안을 들여다보고 있다.

"우와, 한 사람 늘었다."

미도리는 엉겁결에 국자를 든 채 몸을 뒤로 젖혔다.

"왜 그래요?"

사치에가 다가왔다.

"저기, 바, 밖에요."

무뚝뚝한 핀란드인 아주머니와 동양인 아주머니가 나란히 서 있었다. 두 사람 다 웃는 것을 잊어버린 듯한 표정이다.

"어서 오십시오!"

어느 나라 사람인지 몰랐지만 미도리는 엉겁결에 일본어로 인사를 했다.

"아, 에, 예. 안녕하세요."

일본인이었다. 그녀는 비어 있는 카운터 자리에 조용히 앉았다. 여전히 표정은 어두웠다.

"메뉴판 여기 있습니다."

그녀는 미도리가 내민 메뉴를 제대로 보지도 않고 작은 목소리로 "커피 주세요" 하고 말했다.

"예, 알겠습니다."

사치에는 밝게 대답했다. 말을 거는 게 좋을지 어떨지 망설이던 미도리는 괜한 말은 하지 않기로 마음먹었다. 분위기로 보아 내버려두는 편이 좋을 것 같은 느낌이 들었다.

"커피 나왔습니다."

다른 손님을 응대하는 미도리를 대신해 사치에가 그녀 앞에 커피를 놓았다.

"저어……."

"예."

사치에는 다음 말을 기다렸다.

"짐이 도착하지 않았대요."

일본인 여자는 카운터 쪽으로 몸을 엎드렸다.

"예?"

여자가 아무런 전조도 없이 갑작스럽게 말해서 사치에는 순간 얼떨떨했지만, 이내 마음을 가다듬고 "그거 큰일이군요" 하고 대꾸를 해주었다.

"환승할 때 흔히 없어진다는 얘기는 들었지만……."

"외국 항공회사들이 좀 대충 하는 경향이 있어서 말이죠. 언제 이곳에 오셨어요?"

"세 시간 정도 전입니다. 오는 순간, 짐이……. 그 안에 전부 들어 있는데, 일단 호텔에 체크인하고 항공사에서 숙박 세트 같은 것을 받긴 했는데······. 미안해하는 기색도 없더라고요. 이거 참 실망스러워서."

"그렇군요. 곤란하시겠어요."

사치에는 불편함을 상상하며 진심으로 동정했다.

"항공사에서 잘 찾아줄 거예요. 이곳에는 얼마나 머물 예정이세요?"

"······."

대답이 없었다. 사치에가 그녀의 얼굴을 물끄러미 보고 있자니 한참 후에야 나직하게 말했다.

"정하지 않았습니다."

"관광이 아니세요?"

"처음에는 하고 싶지만, 사실 아무것도 정하지 않았어요."

"일본에서 오셨······ 지요?"

"그렇습니다."

사치에는 도무지 사정을 알 수 없어서 무슨 일인가 의아했다.

"사치에 씨, 커피와 문키(미니 도넛—옮긴이) 주문입니다. 오니기리는 실패했습니다."

미도리가 주문 받은 것을 전했다.

"예, 알겠습니다."

여자가 마음에 걸렸지만 일을 하지 않을 수 없었다. 사치에가 도넛을 튀기러 간 사이에 그녀는 가버렸다.

"괜찮으시면 또 오세요."

미도리의 인사에 그녀는 가볍게 머리를 숙이고 터벅터벅 돌아갔다.

다음 날 오후가 되자 두 사람은 초조해졌다.

"오늘도 올까요?"

"어느 쪽?"

"둘 다."

"일본인 쪽은 올지도 모르지만, 핀란드인 쪽은 글쎄요."

와도 걱정, 오지 않아도 걱정이다. 종일 일에 쫓기다가 저녁 무렵이 되어서 겨우 한숨 돌릴 즈음에 일본인이 왔다. 어제와 마찬가지로 굳은 표정이다.

"어서 오세요."

"안녕하세요."

어제와 같은 옷차림으로 같은 카운터 자리에 앉은 그녀는 커피를 주문하고 가만히 있었다. 그러다 사치에가 말을 걸려고 하는 순간 "역시 오지 않았다는군요" 하고 카운터 쪽으로 푹 엎드렸다.

"대체 어떻게 된 걸까요?"

그렇게 말하면서 사치에가 그녀의 얼굴을 들게 했다.

일본 아주머니는 말없이 고개를 가로저었다.

"이따가 일본어를 할 줄 아는 담당자에게 전화를 걸기로 했답니다. 나도 호텔에서 기다리고만 있자니 답답해서 나왔어요."

그녀는 가게 시계를 올려다보았다.

"천천히 계시다 가세요."

그렇게 말하고 무심히 밖으로 시선을 보낸 사치에는 이쪽을 노려보고 있는 무뚝뚝한 핀란드인 아주머니와 눈이 마주쳤다.

'헉.'

사치에는 놀랐지만, 빙그레 웃으며 인사를 했다. 그러나 그녀는 횡하니 가버렸다. 또구나 생각하면서 눈앞을 보니 거기에는 어두운 표정의 일본인 아주머니가 있다.

'대체 어떻게 된 거람.'

사치에는 난감할 따름이었다.

아주머니는 가방 속에서 휴대폰을 꺼내 전화를 걸었다.

"저기 짐 문제로 걸었는데요. 예, 짐이 도착하지 않았어요. 찾았습니까? 이름은 신도 마사코입니다. 아니, 마사코 신도입니다. 예? 아…… 그렇습니까……. 예, 알겠습니다."

아주머니는 힘없이 전화를 끊었다. 좋은 소식이 아니란 것은 두 사람도 잘 알 수 있었다.

"뭔가 곤란하신 일은 없으세요? 혹시 있으면 말씀해주세요."

사치에가 말했다.

"고맙습니다. 앞으로 하루이틀 정도는 괜찮을 거라 생각합니다만."

아무리 습기가 없는 나라라고 하지만 같은 옷을 계속 입고 다니는 것도 기분 좋은 일은 아닐 것이다.

"갈아입을 옷 같은 건 괜찮으세요? 괜찮으시면…… 제 옷이라도……."

"제 것도 괜찮다면 빌려드릴 수 있습니다."

신도 마사코라고 하는 이 여성은 두 사람의 얼굴을 번갈아 보더니 "고맙습니다" 하고 머리를 숙였다.

"미안합니다. 제 소개를 하지도 않고 가게에서 시끄럽게 굴어서. 신도 마사코라고 합니다. 50세…… 입니다. 후후."

그녀는 수줍게 웃었다.

"무엇을 하고 싶은지도 모르면서 어쩌다 보니 여기로 오게 됐네요. 여기에 도착하고 나서야 나이를 먹을 만큼 먹어서 이래도 되는 건가 하는 생각이 들었습니다. 짐이 어딘가로 가버린 것도 나의 이런 어정쩡한 생각을 '너 따위 올 데가 아니야'라는 걸 깨우쳐 주려는 거란 생각도 들고……."

마사코는 고개를 숙였다.

"그런 말씀 마세요. 의욕이 넘쳐서 일하러 오는 사람도 짐이 없어지곤 해요."

"맞습니다. 짐이 없어진 것과는 아무 관계 없습니다."

사치에와 미도리는 어두운 표정의 마사코를 위로했다.

"그럴까요. 아무 목적도 없는데 이 나이가 되어 건들건들 외국에 오는 것 자체가 주제를 모른다고 할까, 무방비하다고 할까, 게다가 영어나 핀란드어도 못하면서. 웃기죠?"

"전혀 웃기지 않아요. 나이하고 무슨 상관이에요."

"맞습니다. 저도 영어도 제대로 못하고 핀란드어도 저—언혀 모릅니다."

"그렇지만 두 분은 아직 젊잖아요. 나는 결혼도 하지 않고 이 나이까지 줄곧 부모님 뒷바라지만 하고 살았답니다. 머릿속이 사회적으로 되어 있지 않은 거예요, 분명. 부모님이 차례차례 돌아가시고 하루하루 할 일이 없어지니 이제 스스로도 뭐가 뭔지 알 수 없어졌어요."

"여행도 결혼도 나이가 몇 살이든 상관없이 할 수 있어요. 나이로 구분해서는 안 돼요."

사치에가 단호히 말했다.

"그런가요. 그렇다면 좋겠군요."

잠시 마사코는 묵묵히 커피를 마셨다. 다 마시고 나더니 "잘 마셨습니다" 하고 머리를 숙이고 가게를 나가려고 했다.

"마사코 씨, 괜찮으시면 내일도 또 와주세요."

마사코는 사치에의 말에 "고맙습니다" 하고 또 한 번 머리를 숙이고 돌아갔다.

"사연이 많으시네요."

미도리가 속삭였다.

"그러게요. 원인이 짐이 없어진 것만은 아닌 것 같네요."

두 사람은 조금이라도 그녀의 걱정이 덜어지기를, 빨리 짐을 찾기를 바랐다.

다음 날, 오후가 찾아왔다. 핀란드인 아주머니는 또 올까?

"내기할래요?"

"또 그런 소리."

그러면서도 두 사람은 초콜릿을 걸기로 했다. 하지만 둘 다 "아주머니는 온다"라고 주장했기 때문에 내기는 무효가 됐다. 미도리는 아주머니가 처음 모습을 나타냈던 시간이 되자 밖을 내다봤다. 두두두둥! 아주머니는 서 있었다.

"와, 역시."

올 거라고 짐작은 했지만, 막상 나타나니 역시 멈칫거리게 되었다. 핀란드인 아주머니는 여전히 무뚝뚝한 얼굴로 이쪽을 노려보았다.

"대체 뭘까요. 원한이라도 있는 걸까요? 혹시 전 주인과 트러블이 있었다거나 그런 건?"

"그런 건 없을 거예요. 주인에게 물어봤어요."

"그렇지만 저 눈길 말입니다. 꿈에 나올 것 같습니다."

처음에는 신기해하던 미도리도 무서워하게 되었다. 그러나 사치에는 그녀에게 빙그레 웃으며 눈인사를 했다. 아주머니는 사치에의 얼굴을 뚫어질 듯 보다가 늘 그랬듯 사라졌다.

"가게에 들어오지 않을 거라면 저렇게 노려볼 이유는 없지 않습니까? 영업 방해입니다. 사치에 씨가 이렇게 상냥하게 눈인사를 해주는데."

미도리는 툴툴거리며 화를 냈다.

"무슨 생각을 하는지 통 모르겠네."

미도리가 기분이 좋지 않은 것을 알아챈 토미가 "미도레 씨, 왜 그럽니까?" 하고 물었다가, "아무것도 아닙니다!"라는 쌀쌀맞은 대답이 돌아오자 겁에 질린 얼굴이 되었다.

교대라도 하듯 마사코가 어두운 얼굴로 들어왔다. 여전히 같은 옷이어서 '아아, 짐이 도착하지 않았구나' 하고 두 사람은 안쓰러워했다.

"보시다시피 아직 도착하지 않았습니다."

마사코는 카운터 자리에 앉았다.

"30분 뒤에 전화를 하기로 했어요. 죄송합니다. 그때까지 좀 있겠습니다."

"그럼요, 그럼요. 그때까지가 아니라 계속 있으셔도 괜찮답니다. 그렇지, 시나몬 롤 드시지 않을래요? 싫어하지 않으신다면."

"고맙습니다. 잘 먹겠습니다."

두 사람은 커피와 시나몬 롤을 먹는 마사코를 보며 이 어두움을 밝게 바꿀 수 없을까 생각했다. 그리고 동시에 토미를 보았다. 아무 생각도 없는 일본 마니아 토미 힐트넨하고 시답잖은 얘기라도 하다 보면 기분이 풀리지 않을까. 미도리가 손짓을 하자 토미가 얼른 다가왔다.

"마사코 씨, 이 사람은 토미 힐트넨이라고 하는데 일본을 아주 좋아한답니다. 카모메 식당의 첫 번째 손님이기도 하고요. 일본어를 조금 배워서 회화도 가능하답니다. 잘 부탁합니다."

사치에가 소개를 하자 청년은 "마사코 씨입니까? 나는 토미 힐트넨입니다. 잘 부탁합니다" 하고 악수를 청했다.

"잘 부탁합니다. 일본어가 능숙하시네요."

"능숙, 예, 능숙하십니다? 아닙니다, 그렇지 않습니다. 더 공부할 필요가 있습니다."

"훌륭하네요."

"일본어 어렵습니다."

"외국 분에게는 그런 것 같더군요."

"미도레 씨가 나의 이름을 써주었습니다. 한지로."

"한자입니다."

미도리의 지적을 들으면서 그는 굳이 가방에서 노트를 꺼내어 보여주었다.

"어머나, 정말."

"공부했습니다."

다른 페이지에는 미도리가 노트에 써준 자신의 한자 이름을 흉내 내어 '豚身畫斗念'이라고 몇 번이나 연습한 흔적이 있었다.

"글씨도 잘 쓰는군요."

"고맙습니다."

두 사람의 대화가 잘 통하는 걸 보고, 됐어, 됐어, 쾌재를 부르던 두 사람은 토미가 하는 다음 말에 완전히 힘이 빠져버렸다.

"마사코 씨, 〈독수리 오형제〉를 좋아합니까?"

"예? 독수리 오형제? 알고는 있지만……. 좋아하지는……."

마사코 씨는 당황했다.

"이럴 때, 또 독수리 오형제네요."

미도리가 얼굴을 찡그리며 사치에에게 소곤거렸다.

기껏 대화가 부드럽게 흘러갔는데 독수리 오형제로 뚝 끊겨버렸다.

"제자리로."

미도리는 작은 소리로 토미에게 명령하며 그의 자리를 가리켰다. 그는 풀이 죽은 얼굴로 구석 자리로 돌아갔다.

두 사람이 마음 졸이고 있을 때, 마사코가 "잠깐 실례하겠습니다" 하고 휴대폰을 꺼냈다. 사치에와 미도리는 손님을 맞거나, 조리를 하면서도 마사코의 짐의 행방이 걱정되었다.

"여보세요? 마사코 신도입니다. 예, 그렇습니다. 짐, 짐이, 예? 찾았습니까? 있습니까, 거기에? 예, 알겠습니다. 바로 가겠습니다. 감사합니다."

자신이 피해자이면서 그녀는 휴대폰을 든 채 허공에다 몇 번이나 인사를 하고 머리를 숙였다.

"찾았습니다. 고맙습니다. 시끄럽게 해서 죄송합니다."

그녀가 지갑에서 돈을 꺼내려 하자 사치에가 "아, 그대로, 그대로. 그대로 짐 찾으러 가세요" 하고 말렸다.

"고맙습니다. 그럼 나중에 또."

마사코는 어제, 그제와는 전혀 다른 발걸음으로 가게를 나섰다. 두 사람은 흐뭇한 얼굴로 마주보았다.

한 시간 정도 지나 마사코가 한층 밝아진 얼굴로 덜거럭덜거

력 여행 가방을 끌면서 돌아왔다.

"겨우 찾아서 왔습니다. 걱정 끼쳐서 미안합니다. 커피 값을……."

그러자 사치에가 말렸다.

"그렇지만 그건 너무 뻔뻔해서."

"그렇지 않아요. 괜찮아요. 언제든 놀러오세요."

사치에의 말에 마사코는 "예, 고맙습니다" 하고 몇 번이나 머리를 숙이고는 여행 가방을 끌고 가게를 나갔다.

"한 가지는 마음을 놓았네요."

"그러게요, 한 가지는요."

두 사람의 눈에는 무뚝뚝한 핀란드인 아주머니의 얼굴이 새겨져 있었다.

다음 날도 무뚝뚝한 아주머니는 찾아왔다. 표정이 풀어지는 법도 없이 여전히 이쪽을 노려보고 있었다. 그래도 빙그레 웃어 주는 사치에에게,

"저런 눈초리의 사람에게 잘도 웃어주네요. 난 저 아주머니가 도끼를 들고 습격하는 꿈까지 꾸었습니다."

미도리가 화난 듯이 말했다.

"일단 카모메 식당에 흥미를 가져주는 것 같잖아요. 그런 사람은 소중히 생각해야죠. 말은 이렇게 하면서도 나도 쫄고 있긴 하지만."

"당연합니다. 심상치 않습니다."

카모메 식당 혹은 사치에와 미도리에게 무슨 원한이 있는지 아주머니는 날마다 째려보러 왔다.

마사코는 그 아주머니와 서로 엇갈리는 시간대에 가게에 찾아왔다. 짐을 무사히 찾아서 옷도 갈아입었다.

"시내 구경 많이 하셨어요?"

"예, 그렇지만 하루 돌았는데 거의 다 본 것 같은 느낌이 드네요."

"그렇죠. 아담한 도시여서. 핀란드를 한 바퀴 돈다면 또 다르겠지만요. 저도 아직 그래 보진 못했어요."

"마찬가지입니다."

"두 사람은 어떻게 해서 이곳에서 식당을 하게 됐나요?"

사치에는 마사코에게 현재에 이르기까지의 사정을 설명했다.

"전 정처 없이 왔습니다. 마사코 씨는 핀란드로 결정하고 오신 거지요? 전 좀 심했습니다. 눈을 감고 아무 데나 짚은 게 핀란드

였으니까요."

"멀리도 짚으셨군요."

"정말 그렇습니다. 어째서 그때 그런 바보 같은 짓을 했는지 저도 잘 모르겠습니다."

"사람이란 이유도 모르는 채 바보 같은 짓을 할 때가 있죠."

마사코가 진지하게 말했다.

"마사코 씨는 어떻게 핀란드에 오셨습니까?"

미도리는 마사코가 짐이 도착하지 않아 낙담해 있을 때는 차마 묻기 어려웠던 질문을 했다.

"텔레비전에서 본 뉴스가 계기가 됐어요."

"뉴스?"

"그렇습니다. 일본에서 몹시 답답해하고 있을 때, 마침 뉴스에서 핀란드 소식을 보고 '좋은 곳이구나' 하고 생각했답니다. 부모님은 부동산을 갖고 있어서 맨션을 경영했어요. 두 분의 건강이 안 좋아지셔서 학교를 졸업한 뒤로 줄곧 집안일을 도우면서 부모님을 돌봐드려야 했지요. 물론 일하는 사람도 있었습니다만. 하나뿐인 남동생이 결혼을 했지만, 올케가 전혀 이쪽 일을 도울 생각이 없었어요. 뭐, 연년생으로 쌍둥이를 낳았으니 무리

한 얘기긴 하죠."

"저런."

"그래서 재작년, 작년에 어머니와 아버지가 잇따라 돌아가시고, 이런 표현은 뭣하지만, 나로서는 20년 동안의 족쇄가 풀렸어요."

"고생 많으셨습니다."

부모를 노인 요양소에 보낸 미도리는 깊숙이 머리를 숙였다.

"이제야 제2의 청춘이 시작되는가 생각한 순간, 바보 같은 동생 녀석이 사업에 실패하는 바람에 저당 잡혔던 맨션과 동생의 집을 다 날리게 됐지 뭐예요."

"세상에."

"맨션이 저당 잡힌 건 전혀 몰랐던 일이었죠. 불행 중 다행인 것은 부모님이 돌아가셔서 그 사실을 알 리 없다는 거지요."

"그래서 전부 뺏기셨어요?"

"남은 것은 나와 부모님이 살던 집과 부모님이 노후를 위해 사둔 낡은 원룸 맨션뿐이었답니다. 그런데 동생이 제게 부모님과 함께 살던 집에서 나가달라는 겁니다. 자기들은 식구가 여섯이라고. 식구가 많은 쪽이 넓은 집에 사는 건 당연한 거라더군요.

확실히 열 평도 채 안 되는 원룸에 여섯 명은 무리긴 하지만."

"그렇지만 자기 때문에 그렇게 됐는데 어떻게 그런 소릴 할 수 있을까요."

"너무 오냐오냐 키워서 그래요. 돈은 어디선가 나온다고 믿고 살았던 거죠. 분명 맨션과 저택을 저당 잡힐 때도 살 곳은 확보해두었으니 안심했던 거지요. 지금 생각해보면 그러네요. 내겐 한마디 상의도 없었지만."

마사코는 담담했다.

"그래서 나는 짐을 처분하고 원룸으로 이사를 갔어요. 혼자니까 좁아도 청소하기 편해서 괜찮았지만, 곰곰이 생각해보니 화가 뻗치더라고요."

"당연하죠."

두 사람은 끄덕였다.

"밤에 혼자 있으면 화가 나서 미칠 것 같았어요. 어째서 내가 여기 있어야 하는지. 사는 집이 좁고 넓고의 문제가 아니었어요. 월세를 내지 않아도 되니 남들이 보면 그것도 다행스러운 거겠지만 도저히 납득이 되질 않았어요."

"당연하고말고요."

"그래서 이건 한마디 하지 않으면 안 되겠다 싶어서 동생 집에 갔어요. '네 덕분에 우울해서 기분 전환 삼아 여행을 다녀올 거다. 한동안 돌아오지 않을 테니 찾지 마라' 하고 소리를 질렀어요. 좀 후련해지더군요."

"그 여행이 핀란드였군요."

"아버지 기저귀를 갈아드릴 때, 텔레비전에서 핀란드에 관한 뉴스를 몇 번 봤답니다. '맨손 기타 연주하기', '부인 업고 뛰기', '사우나에서 오래 참기', '휴대폰 멀리 던지기' 같은 걸요. 가장 대단했던 것은 '부인 업고 뛰기'였어요. 일반적으로 생각하면 업고 뛰는 거라고 생각하죠? 그런데 그게 아니었어요. 부인의 양쪽 무릎을 뒤로 해서 자기 어깨에 걸고, 엄청나게 빨리 달리는 거예요."

"그럼 부인은 거꾸로?"

"그렇죠. 양팔이 덜렁거리는 채로요. 그걸 보고 이렇게 우스꽝스러운 걸 열심히 하는 사람들이라니 참 멋지다는 생각이 들더군요. 어딘가 뻥 뚫려 있을 것 같다고 할까. 분쟁 같은 것도 전혀 없을 것 같고. 인생이 정말 즐거워 보였어요. 그래서 왔는데……"

마사코는 침울한 얼굴을 했다.

"그런데 실패였을지도 모르겠어요."

"어째서요?"

"사치에 씨는 목적이 있지 않습니까. 난 아무 목적도 없습니다."

"목적이 없으면 어때요. 그냥 멍하니 쉬셔도 좋잖아요."

"그 멍하니 있는 게 잘 안 되네요. 멍하니 있으려고 해도 이런저런 생각들이 떠오르고, 머릿속에서 답답한 것들이 빠져나가질 않아요."

"오자마자는 무리죠, 아무래도."

"맞습니다. 핀란드 모드로 바뀌지 않았으니까요. 답답한 일은 잊어버리세요. 너무 깊이 생각하지 말고 느긋하게 지내면 돼요. 우리 집에 오시는 것은 대환영이니 언제든지 오세요."

사치에의 말에 마사코는 밝아진 표정으로 "그렇군요, 고맙습니다" 하고 머리를 숙였다.

"호텔 사우나가 좀 마음에 들더군요."

그렇게 말하고 돌아갔다.

그 후 마사코는 매일 찾아오게 되었다. 다음 날 오후 다섯 시가 되기 전, 손님도 뜸하여 셋이서 이런저런 이야기꽃을 피우고 있는데, 그 무뚝뚝한 아주머니가 모습을 나타냈다. 처음 출현한 뒤로 일주일 연속이었다. 미도리가 사치에의 옆구리를 찔렀다.

"어, 정말이다."

사치에가 언제나처럼 빙그레 웃었더니 세상에 아주머니가 무뚝뚝한 얼굴 그대로 문을 열고 가게 안으로 들어왔다.

"아악."

미도리는 작은 소리로 비명을 지르며 벽에 달라붙었다. 아주머니는 표정 하나 바뀌지 않고 마사코의 옆 옆자리에 앉아 "코스켄고르바(핀란드 소주─옮긴이)!"라고 퉁명스럽게 말했다. 사치에는 빙그레 웃으며 잔에 코스켄고르바를 따라 주었다. 사치에도 미도리도 숨을 삼키고 지켜보고 있는데 아주머니는 가게 안을 두리번거리며 불안한 모습이었다. 그러다 가방 안에서 지폐를 꺼내 카운터 위에 놓는가 싶더니, 벌떡 일어나서 그대로 가게를 나가버렸다.

"저어, 저기, 저."

당황한 미도리가 잔을 든 채 뒤를 쫓아 나갔지만, 아주머니는 뛰어가버렸다.

"왜 그러는 걸까요?"

마사코는 놀란 표정이었다.

"일주일 전부터 계속 밖에서 들여다보기만 했답니다."

미도리가 불안한 얼굴로 말했다.

"대체 무슨 일이지."

사치에는 조심스럽게 잔에 든 코스켄고르바를 정리했다.

다음 날, 아주머니는 또 찾아왔다. 사치에도 미도리도 아무 일 없었던 것처럼 밝게 맞이했다. 아주머니도 아무 일도 없었던 것처럼 무뚝뚝한 얼굴로 카운터 자리에 앉았다. 바짝 긴장하여 보고 있으니, 그녀는 "코스켄고르바!" 하고 퉁명스럽게 말하고 손가락을 두 개 세웠다.

"두 잔이요?"

사치에가 확인하자 말없이 고개를 끄덕였다. 그때 마사코가 왔다.

"너무 자주 와서 미안합니다. 이 가게에 오면 마음이 편해서."

마사코가 카운터 자리에 가까이 와서 핀란드 아주머니 옆에 한 자리 비우고 앉았다. 아주머니의 눈앞에는 두 잔의 코스켄고르바가 있었다. 어제와 마찬가지로 바로 손을 대지 않고 물끄러미 바라보았다. 미도리는 지금부터 대체 무슨 일이 일어날지 가슴이 쿵쿵 뛰었다. 마사코도 커피를 마시면서 곁눈으로 힐끗힐끗 지켜봤다. 아주머니는 뚱한 얼굴로 잔을 꽉 잡더니 단숨에 비웠다.

"아,"

모두가 놀라는 것도 잠깐, 두 잔째도 단숨에 비웠다.

"어어어."

모두 불안해하고 있을 때, 아주머니는 "으음" 하고 신음하며 그대로 의자째 뒤로 자빠져버렸다.

"아앗, 큰일났다."

다행히 손님은 토미밖에 없어서 바로 폐점 팻말을 내걸었다. 미도리가 급히 그 자리에 타월을 깔고 아주머니를 눕혔다. 토미는 깜짝 놀라서 눈이 동그래졌다. 마사코가 주방 안으로 뛰어 들어가 컵에 물을 떠와서 아주머니에게 먹였다. 사치에가 "병원에 데려가는 게 좋지 않을까"라고 중얼거리자, 그 말을 토미가 아주머니의 귓가에 대고 통역해주었다. 아주머니는 몸을 일으키려고 애쓰면서 병원은 싫다는 듯이 손을 저었다. 토미가 그녀의 의사를 대신 전했다.

"싫다고 합니다. 집에 가고 싶다고 합니다. 집은 이마키쿠. 나 압니다."

세 사람은 택시를 타고 아주머니를 집에 데려다주었다. 도심에서 15분 정도 걸리는 곳으로 집 주위에는 숲이 우거져 있었다. 그곳에 살면 모든 걱정거리가 날아갈 것 같은, 그런 곳이었다. 토미는 그녀를 침대에 눕혀주고 "여기서 안녕입니다" 하고 돌아갔다. 처음으로 토미가 도움이 된 순간이었다.

정적이 감도는 아주머니의 집에는 아무도 없었다. 넓은 집이지만 정돈도 되어 있지 않고 공기가 탁했다. 꽃병의 꽃은 모두 시들어 있었다. 미도리는 큰 컵에 물을 떠와서 아주머니의 침대 옆 테이블에 올려놓았다.

"괜찮을까요."

사치에는 담요를 덮어주면서 말했다.

"죄송합니다. 마사코 씨까지 이런 일을 하게 해서."

"아뇨, 괜찮습니다. 간병은 익숙한 일이고 지금 딱히 할 일도 없으니까요."

세 사람은 침대에 누워 있는 아주머니를 물끄러미 바라보았다. 누워 있어도 여전히 무뚝뚝한 얼굴이다. 핀란드어를 할 줄 아는 사치에가 아주머니에게 상태를 물어보자 괜찮다고 했다. 그럼 이만 돌아가겠다는 말이 끝나기 무섭게 아주머니는 상체를 일으키며 "가지 마, 가지 마"라고 했다. 할 수 없이 세 사람은 침대 주위에 앉았다. 아주머니는 실눈을 뜨고 천장을 보며 두런두런 이야기를 시작했다.

자신은 전혀 좋아하는 타입이 아니었던 지금의 남편이 하도 애원해서 마지못해 결혼을 했고, 자신이 수입이 더 많았고, 머리도 자신이 더 좋아서 생활 주도권을 잡았다는 이야기, 아이스하키 시합을 같이 보며 응원하는 팀이 득점할 때마다 옆에 있는 남편의 대머리를 찰싹찰싹 치는 것이 취미라는 이야기도 했다. 그런데 얼마 전, 남편의 바람이 발각된 것이다. 순박한 남편이 죄의식을 견디다 못해 고백했다고 한다.
"그 순간, 나는 이마를 한 방 냅다 갈겨서 실신시켰죠."
듣고 있던 세 사람은 공포에 질린 눈을 두리번거렸다.
"정신을 차리고 보니 남편은 짐을 싸서 나가버렸더라고요."
그녀는 지금까지 남편의 바람을 테마로 한 수많은 드라마와 영화를 볼 때마다 부인들은 어째서 그런 것도 눈치 채지 못하냐고 멍청하다며 차가운 시선으로 보았는데, 막상 자신의 일이 되니 전혀 눈치 채지 못했다고 말했다. 그녀는 남편과 바람피운 여자를 직접 봐야겠다고 그 여자가 일하는 주방용품 가게에 갔는데, 자기보다 연상인 여자여서 더 기겁했다고 했다.

"영화에서는 남편이 바람피우는 상대는 대게 젊은 여자로 정해져 있는데 말이죠."

자기보다 주름이 더 많고 가슴도 처진 여자에게 진 것이 충격이었다. 또 아이가 없어서 17년째 자식처럼 귀여워했던 노견이 남편이 나간 직후에 죽어버렸다.

"친구들은 사우나에 가서 땀과 함께 슬픔도 흘려버려라, 그 길에 나쁜 피도 뽑아내면 몸에 쌓인 것이 전부 빠져나갈 거다, 혹은 텐트를 치고 밖에서 자면 나쁜 일은 바로 잊힐 것이다, 호수에 들어가 헤엄을 치거나 둥둥 떠 있으면 기분전환이 될 거다…… 여러 가지 조언을 해주었지만, 그렇게 하면 할수록 스스로가 비참해서 미치겠는 거예요. 여름 별장에 가보니 그 대머리와 같이 이런 걸 했지, 저런 걸 했지 하는 생각이 떠올라서 화도 나고, 슬퍼서 현기증까지 나더라고요."

"우리도 사우나에서 나쁜 피를 뽑았어요."

사치에가 말하자,

"아아, 당신들도 갔군요. 평소에는 개운했지만 내 괴로움까지는 뽑아내지 못하더라고요."

아주머니는 중얼거렸다. 겨울에는 기분이 우울한 사람도 많지만, 여름이 되면 모두 그 우울함을 떨쳐내듯이 활동적이 된다. 그런 계절에 자기만 이런 기분으로 있다니 참을 수 없었다고 했다.

"직물 일도 쉰 지가 오래됐고 아무것도 할 의욕이 없어서 터덜터덜 걷다 보니 당신 가게인 거예요. 카모메 식당 맞죠? 그 가게를 발견하고 뭔가 마음에 들었어요. 당신들은 언제나 웃고 있더라고요. 그게 아주 느낌이 좋았어요. 겉으로만 친절한 척 웃는 게 아니라 진심으로 웃고 있더군요. 그런데 가게에 들어갈 용기까지는 나지 않아서……. 큰 마음 먹고 들어갔지만, 참담한 기분은 나아지질 않아서 이렇게 돼버렸네요. 코스켄고르바는 대머리가 즐겨 마시던 건데요, 전 거의 마시지 못해요."

사치에는 이야기하는 아주머니의 손을 쓰다듬어주었다.

"저기 개 사진이 있죠? 좀 봐요."

가리키는 쪽을 보니 침실 서랍장 위에 그야말로 늠름한 풍모에 미워할 수 없는 얼굴을 한 개 사진 액자가 잔뜩 진열되어 있었다.

"귀엽네요."

사치에에게 귀엽다는 말을 배워서 미도리도 마사코도 "스로이넨(귀여워요)"을 연발했다.

"쿠카라고 해요. 정말 귀여웠죠."

아주머니의 두 눈에서 눈물이 흘렀다. 눈물은 주름을 따라 눈초리에서 시트로 떨어졌다.

"그 대머리 때문에 쿠카도 죽었어요. 개도 오랜 세월 같이 살다 보면 사람이나 마찬가지잖아요. 사람의 자식도 아버지가 다른 여자하고 바람난 걸 알면 충격 받을걸. 그러니 쿠카도 슬퍼하다 죽은 거예요."

서랍장 옆에 놓인 쓰레기통 속에는 남편으로 보이는 대머리 남자와 함께 웃으며 찍은 사진이 마구 구겨진 채 버려져 있었다.

아주머니는 오열했다. 세 사람은 번갈아가며 그녀의 손을 잡아주었다.

"이건 어제 거스름돈이에요. 내일 또 올게요."

사치에가 탁자에 동전을 올려두었다. 아주머니는 눈물을 닦으려고도 하지 않고 가만히 고개를 끄덕였다.

마사코를 호텔까지 데려다주고 사치에와 미도리는 아파트로 돌아왔다.

"휴우."

한숨을 쉬었다. 무뚝뚝한 아주머니의 마음에 쌓여 있던 검은 정체를 알게 되자 거실에 쓰러진 두 사람의 마음도 어두워졌다.

"도쿄에 있을 때는요, 스트레스가 쌓이고 짜증날 때가 있잖습니까. 그걸 노래방이나 쇼핑 혹은 섹스로 얼버무리거나 하잖습니까. 그런데 여기는 이렇게 우거진 숲이 많고 사람도 차도 적어서 답답할 일이 없을 것 같은데 말입니다. 도쿄에 살던 사람은 전원 생활로 치유를 받기도 하잖아요. 자연이 모든 것을 치유해주지 않는 걸까요. 좀 의외라고 생각하지 않아요?"

미도리는 고개를 갸웃거렸다.

사치에는 슬행법을 시작했다.

"자연에 둘러싸여 있다고 모두 행복하다고는 할 수 없지 않을까요. 어디에 살든 어디에 있든 그 사람 하기 나름이니까요. 그 사람이 어떻게 하는가가 문제죠. 반듯한 사람은 어디서도 반듯하고, 엉망인 사람은 어딜 가도 엉망이에요. 분명 그럴 거라고 생각해요."

사치에는 단언했다.

"그렇군요. 주위 탓이 아니라 자기 탓이군요."

그녀를 따라 발을 올리려고 하는 미도리를 향해 사치에는 "요가 금지" 하고 웃었다.

다음 날, 사치에와 미도리는 일찌감치 일어나 커피를 끓여 보온병에 담고 빵과 오니기리를 들고 갔다. 초인종을 눌러도 대답이 없어서 "카모메 식당입니다" 하고 부르니 조용히 문이 열렸다. 아주머니는 가슴에 쌓인 것을 모두 토해낸 뒤에도 그 무뚝뚝한 표정은 고쳐지지 않았다. 오히려 더 지쳐 보였다.

"이게 숙취라는 건가. 머리가 너무 아파요."

아주머니는 두 사람을 맞이하고 주방 의자에 앉더니 관자놀이를 문질렀다.

사치에는 커피를 끓여주려고 하는 아주머니를 말리고, 가지고 온 보온병에서 커피를 따랐다.

"나는 물을 마실게요."

아주머니는 냉장고에서 생수병을 꺼내 잔에 따라 마셨다. 사치에와 미도리 앞에 커피가 놓이자, 낮은 목소리로 말했다.

"어제는 미안했어요. 당신 가게에서 폐를 끼쳤죠?"

"그런 것 없어요. 가게에 달리 손님도 없었고. 걱정 마세요."
"당신 아버지나 어머니에게도 사과해야 하지 않을까요?"
"그건…… 괜찮습니다."
"그렇지만 분명 화를 냈겠죠? 그런 일이 있어서."
"그건 제 가게이고 부모님하고는 상관없답니다."
"그래요? 난 당신이 부모님 가게를 돕고 있는 줄 알았어요. 그럼 더 미안해요. 젊은 사람 가게에서 그런 짓을 해서."

아주머니는 머리를 감쌌고 두 사람은 열심히 괜찮다고 위로했다.

"전에는요, 내가 이러고 있으면 쿠카가 와서 얼굴을 핥으며 위로해주었답니다. 착한 아이였죠. 그런데 지금은 아무도 없네요. 나 혼자 이 집에서 살아야 하다니. 앞으로 어째야 좋을지 모르겠어요."

두 사람은 눈짓을 하여 아주머니를 침실로 데려갔다.
"고마워요. 조금 자는 편이 낫겠죠."

그녀는 순순히 침대에 누웠다.
"직접 만든 빵하고 오니기리를 갖고 왔어요. 괜찮으시면 좀 드세요."

아주머니는 눈앞의 오니기리를 지긋이 바라보았다. 사치에가 만든 연어 오니기리는 윤기 나는 김이 하얀 밥을 감싸고 있다.

"이 검은 종이는 뭐죠?"

"일본에서 옛날부터 즐겨 먹는 거랍니다. 해초를 틀에 넣고 말린 거예요."

아주머니는 오니기리에는 손을 대지 않고, 빵을 한 입 먹더니 "맛있어요"라고 말해주었다.

"혹시 무슨 일이 있으면 여기로 전화 주세요. 바로 올 테니까요."

사치에는 카모메 식당 전화번호와 자신의 휴대폰 번호를 적은 종이를 건넸다.

"내 이름도 말하지 않았네. 리사예요. 여러 가지로 고마웠어요."

리사 아주머니는 마지막까지 무뚝뚝한 얼굴로 말했다.

***

가게 앞에서는 토미가 기다리고 있었다.

"쓰러진 사람, 어떻게 됐습니까? 괜찮았습니까? 걱정입니다."

드물게 토미가 걱정스러운 표정을 지었다.

"어제는 고마웠어요. 토미가 있어서 아주 도움이 됐어요."

"천만에요. 다행입니다."

잠시 그의 주가가 올랐다. 리사 아주머니 집에 들렀다 온 얘기를 하니, 그는 응응 하고 고개를 끄덕였다. 미도리도 오늘은 토미에게 커피 한 잔쯤 공짜로 주어도 좋다고 생각했다. 단골손님들은 "어제 무슨 일 있었어요? 왔더니 닫혀 있더만" 하고 물었다.

"어떤 손님이 갑자기 몸이 안 좋아지셔서요"라고만 설명해두었다. 수다스러운 토미는 손님들에게 뭔가 이야기하고 싶어 했지만, 미도리가 눈짓으로 견제하여 제자리에 얌전히 있었다. 어쩐 일로 마사코가 점심때가 좀 지난 뒤에 왔다. 사치에와 미도리는 어젯밤 일에 대해 감사와 사과를 하고, 오늘 아침 리사 아주머니의 상태를 들려주었다.

"그랬군요. 그런 사정이 있으니 바로 회복하긴 힘들겠죠. 어떻게 안 되려나요."

마사코도 걱정스러워했다. 세 사람이 이야기하는 모습을 보던 토미가 다가왔다.

"마사코 씨, 아녕하세요."

"토미 군, 어제는 수고했어요."

"예. 수고했어요? 수고가 무엇입니까?"

"수고는요."

"아, 수고는 고수. 고수는 잘하는 사람. 나는 잘합니까?"

미도리가 웃으면서 말했다.

"잘했습니다. 토미는 어제 정말 훌륭했습니다."

"훌륭, 훌륭? 훌륭은 무엇입니까?"

"음, 어제 토미는 큰 도움이 됐습니다."

"도움? 아, 도왔다는 말입니다. 예, 도와서 나도 기쁩니다."

간신히 의미를 알아들은 것 같았다.

"오늘은 일찍 오셨네요."

사치에의 말에 마사코는 쑥쓰럽게 말했다.

"예, 너무 심심해서요. 아무래도 집에 있을 때는 눈에 띄거나 생각나는 대로 일을 쉴 새 없이 하게 되잖아요. 그런데 호텔에서는 다들 해주니 할 일이 없네요. 청소 시간이어서 나왔어요. 나, 너무 한심해 보이죠."

"별 말씀을요. 뭘로 드시겠어요?"

"오니기리를 먹고 싶어요. 여기 오니기리가 맛있을 것 같아요."

오니기리란 말을 엿들은 토미는 무엇을 주문하는지 귀를 기울였다.

"연어와 가다랑어 포를 부탁합니다."

"으, 가다랑어 포."

토미가 작은 소리로 절규하듯 중얼거렸다.

"왜 그래요?"

미도리가 묻자 그는 "아, 아닙니다" 하고 고개를 가로저으며 아무것도 못 들은 척했다.

테이블에 앉은 손님들이 마사코 앞에 나온 오니기리를 흥미진진하게 바라보았다. 세모난 오니기리 두 개가 마치 접시 위에 놓인 피라미드 미니어처 같았다.

"검은 종이야."

"흰색과 검은색이 대비되는 음식을 본 적 있어?"

"밥으로 만든 나무토막 같네."

"저게 이 메뉴판에 있는 오니기리란 거야?"

사람들은 저마다 한마디씩 했지만, 마사코는 무슨 말을 하는지 전혀 몰랐다.

"잘 먹겠습니다."

양손으로 오니기리를 들고 한입 가득 물었다.

"손으로 먹어. 젓가락이나 포크를 사용하지 않아."

"봐, 검은 종이를 벗기지도 않고 먹었어."

"맛있게 먹네."

"앗, 안에서 뭐가 나왔어."

"숨겨놨구나. 저건 연어를 짓이긴 거네."

"그런 점은 파이랑 비슷하지만 파이하고는 전혀 딴판인걸."

"굽지도 않았어. 달라, 달라."

사람들은 식사를 할 생각은 않고 마사코를 주목했다. 마사코는 약간 고개를 숙인 채 수줍어하면서도 오니기리를 맛있게 먹었다. 토미는 접시를 깨끗이 비운 마사코를 경이로운 눈으로 바라보았다. 그에게는 그 나무 부스러기 같은 가다랑어 포 오니기리를 먹는다는 사실 자체가 경이로웠다.

"아, 맛있다. 옛날에 어머니가 만들어준 것하고 같은 맛이 나네요."

"그래요? 고맙습니다."

사치에는 그런 말을 듣는 것이 가장 기뻤다.

"직접 요리를 만들 짬이 없어서 편의점에서 오니기리를 사먹기도 했는데, 그건 그냥 오니기리 모양을 하고 있고 밥과 내용물의 맛만 날 뿐, 근본적인 맛이 없죠. 어릴 때 친구 집에 가서 오니기리를 얻어먹으면 집집마다 고유한 맛이 났어요. 같은 밥과 김인데도 맛이 전혀 달랐죠. 그리고 같은 오니기리라도 맛있는 것과 맛없는 게 있었어요. 그렇게 사람의 손으로 직접 만드는 것은 그 사람의 마음이 나타나죠. 사치에 씨의 오니기리는 아주 맛있습니다."

마사코가 감격한 듯이 말했다.

"타국에서 드시니 그런 느낌이 들었는지도 모르죠."

쑥스러워진 사치에가 겸손하게 말했다.

"아뇨, 그런 건 아닙니다. 나도 인생 50년을 살아서 나름대로 제대로 된 판단은 할 줄 안답니다."

"저도 맛있다고 생각합니다. 빈말이나 거짓말이 아니라요. 그런데 여기서는 인기가 없네요."

미도리도 옆에서 말을 거들었다.

"어쩔 수 없지 않습니까. 전혀 타협을 하지 않았으니까요."

사치에가 후후 하고 웃었다. 다른 손님들이 하나둘 서둘러 오후 일을 하러 가는 가운데 마사코만 동그마니 남게 되었다.

"할 일이 없는 것도 괴롭군요."

"마사코 씨는 부모님 간병하느라 고생하셨잖아요. 조금은 긴장을 풀고 푹 쉬셔야죠."

미도리는 자신은 아무것도 하지 않고 부모님을 노인 요양소에 맡긴 처지여서 마사코 같은 사람에게는 머리가 숙여졌다.

"나도 그렇게 생각했지만 역시 뭔가 하고 싶네요."

"어떤 데 흥미가 있으세요? 그림이나 음악이나."

"미술관엔 다녀왔답니다. 난 종교하고는 무관하지만 불상 보는 걸 좋아해서 혼자 사찰 순례도 곧잘 했는데, 여긴 없더군요."

"그렇죠, 사찰은 없죠."

사치에와 미도리는 얼굴을 마주보았다.

"핀란드 사람은 숲에 신이 있다고 믿는대요. 숲에 가는 걸로 신과 가까워진다고 할까, 신성한 장소라고 생각하는 것 같아요."

"오, 그래요?"

헬싱키 주변에도 작은 숲은 많이 있다.

"숲, 숲이라."

마사코는 몇 번이나 중얼거리더니 벌떡 일어서서 "숲에 다녀오겠습니다" 하고 느닷없이 가게를 나갔다.

"아…… 다녀오세요."

사치에와 미도리는 어안이 벙벙했다.

일을 마치고 아파트로 돌아온 두 사람은 이내 파자마로 갈아입었다. 미도리가 사치에에게 배운 스트레칭을 하면서 말했다.

"요즘 손님이 많이 늘었네요."

"그러게요. 매상도 개업 때보다 배가 됐어요. 최근에는 식사를 하는 손님이 늘어나서 말이죠."

"사치에 씨가 열심히 한 덕분입니다. 입소문으로 손님이 오는 것 같아요. 가장 좋은 것 아닙니까? 대단합니다."

"손님을 배신하지 않도록 노력해야겠죠. 그런데 오니기리 반응이 좀 그러네요."

사치에는 슬행법을 하면서 유감스럽다는 듯이 중얼거렸다.

"식문화가 다르니까요. 도저히 받아들일 수 없는 게 있을 겁니다. 그리 신경 쓰지 않는 편이 좋지 않습니까?"

"그러게요. 그래도요. 어, 미도리 씨, 요가는 금지."

사치에는 요가 비슷한 자세를 취하는 미도리에게 주의를 주었다.

"미안합니다. 그만 버릇이 돼서."
미도리는 머리를 긁적거렸다.

개업 당시에는 엉덩이 무거운 토미가 구석 테이블을 점령하고 있었지만, 최근에는 손님 수가 늘어나서 토미도 미안했는지 주방 근처의 빈 공간으로 이동했다. 근처에 있던 판자를 상자에 올리고 테이블 대신으로 썼다.
"이제 점점 더 엉덩이가 무거워지겠지요."
토미에게 비판적이었던 미도리도 리사 아주머니 일로 그에게 관대해져서, 그의 그런 행동에도 쓴웃음 정도로만 끝냈다.
"뭐, 보디가드라고 생각하죠. 별로 도움이 될 것 같진 않지만."
사치에가 작은 소리로 소곤거렸다.
평소보다 식당은 바빠서 해가 저물 무렵에야 손님이 뜸해지기 시작했다. 겨우 한숨을 돌리고 있을 때 마사코가 찾아왔다.
"숲은 어땠어요?"
미도리가 물었다.
"아주 좋아어요. 마음이 깨끗해지는 것 같아어요. 이 나라 사람들이 신이 이다고 하는 이유도 잘 알아어요."

어딘지 모르게 마사코의 상태가 이상했다. 표정도 웃는다기보다 웃는 채로 굳어진 느낌이었다.

"마사코 씨, 무슨 일 있었어요? 말씀하시는 게 이상해요."

"그러습니다. 마비되는지 내 입이 아닌 거 가라요."

"뭘 하셨게요?"

"숲에서 버섯을 발견해러요."

"버섯?"

"화려한 거은 위험하니까 평범한 거를 따어요. 그걸 오늘 아침에 컵라면에 넣어 먹어더니 이러게 돼 버려어요. 아주 조금 먹어는데."

"속이 안 좋으세요?"

"속이 안 좋지는 아나요."

"구토는 없습니까?"

"어습니다. 다마 입이 조금 이사하미다."

"먹은 양이 아주 적어서 이 정도로 그친 것 같은데요."

"병원에 가는 편이 좋지 않을까요?"

"아뇨, 갠차스미다."

마치 치과에서 맞은 마취 주사가 덜 풀린 것 같은 상태였다.

사치에와 미도리는 수분을 섭취하여 버섯 독을 몸에서 빼내는 편이 좋다며, 생수를 권했다.

"곧 나을 거예요."

"그 버섯에 사람의 몸에 좋지 않은 뭔가가 있었나 봐요. 무리하면 안 돼요. 호텔에서 좀 자는 편이 좋지 않을까요?"

"아뇨, 갠차스미다."

마사코는 묘하게 고집스러웠다. 토미도 "버섯, 먹으면 좋은 것은 알고 있습니다. 그러나 먹으면 안 되는 것 있습니다" 하고 걱정스러워했다.

"마사코 씨 괜찮을 것 같습니다. 정말로 나쁜 것 먹으면 바로 죽습니다."

"그건 그렇지만 그냥 두는 것도 좀 그러네요."

사치에와 미도리는 걱정스럽게 지켜보았지만, 마사코 씨는 대화를 하는 동안 점점 혀가 말리는 것도 원래대로 돌아오고 표정도 온화해졌다.

"아, 입가가 편해졌어요."

마사코가 입 주위 근육을 움직였다.

"아, 정말이네요. 아까는 웃는 채로 굳어 있었는데."

두 사람은 가슴을 쓸어내렸다.

"겁 없이 따서 먹을 게 아니군요. 평소에는 절대 그런 짓 하지 않는데 숲속에 들어갔다가 그만 나무뿌리에 있는 버섯에 손이 가버렸어요. 독이 있어 보이는 것이 많아서 피하느라고 피했는데 어째서 이렇게 돼버렸는지. 짐도 그렇고 버섯도 그렇고 이 나라하고 나하고는 궁합이 안 맞는 걸까요?"

"그렇지 않아요. 알면서 저지르는 일은 흔히 있으니까요."

"난 그런 타입이 아니라고 생각했는데."

마사코는 연신 땀을 닦았다. 몹시 부끄러운 것 같았다.

"그러나 다행이에요. 이 정도로 끝나서. 토미가 말한 것처럼 죽는 사람도 있다니까 말이에요."

"그렇습니다. 죽습니다."

토미는 진지한 얼굴이었다.

"죽으면 곤란하죠."

마사코가 중얼거렸다.

"곤란하고말고요. 안 됩니다. 버섯 먹고 죽다니 분하지 않아요? 버섯은 맛있게 먹는 것이지, 먹고 죽는 게 아니에요. 다만 버섯에는 나름의 사정이 있어서 독을 갖고 있는 것도 있으니 그걸 잘 선별해야 하죠."

사치에는 설교를 하듯이 말했다.

"너무 무방비했죠, 미안합니다."

마사코는 사과했다.

"별일 없어서 다행이에요."

사치에는 진심으로 그렇게 생각했다.

"저기 이렇게 어리석은 사람입니다만."

마사코는 우물거렸다. 대체 무슨 말을 하려는가 하고 두 사람이 지켜보고 있으니 "여기서 일 좀 하면 안 될까요?" 하고 말을 꺼냈다. 지켜보자니 손님이 많아서 둘이 꾸려나가기에 힘들어 보이는데, 혹시 자기라도 괜찮다면 일을 좀 하게 해줄 수 없는가 하는 얘기였다.

"물론 급료는 필요 없어요. 핀란드 말도 못하고. 천성이 한가한 걸 견디지 못해서 뭐라도 하는 편이라서요. 설거지든 뭐든 할게요. 그러나…… 폐가 된다면 얌전히 물러나겠습니다."

사치에와 미도리는 서로 얼굴을 마주보았다. 확실히 둘이서 꾸려나가기에 조금 벅차졌다. 설거지를 해주는 것만으로도 감사했다.

"음, 허드렛일 같은 것밖에 없는데 그래도 괜찮겠어요?"

"물론입니다. 그걸로 충분합니다. 부탁할게요. 호텔 방에 있으면 숨이 막히고, 그렇다고 밖에 나와도 지루해서 말이죠. 전국을 돌아다니기라도 한다면 좋을 테지만, 그럴 의지도 없고요."

"좋습니다. 그럼 이리로 와주세요."

"마사코 씨, 일한다. 그것은 좋습니다. 아주 좋습니다."

토미도 무슨 이유인지 덩달아 기뻐했다.

다음 날부터 카모메 식당은 세 사람이 되었다. 어린이 식당 정찰대는 속닥거렸다.

"또 종업원이 늘었네. 아주 번창하는걸. 새로 온 저 사람, 손님으로 오는 걸 본 적 있어. 저 아이하고는 아무 관계 없는 것 같던데."

"잠깐만, 저 사람 아이가 아니래. 어려 보이지만 아이는 아니래. 날마다 오는 저 청년한테 들었어."

"세상에, 그렇대? 몸집이 작고 귀엽게 생겨서 어린아이인 줄 알았더니만……."

"글쎄 서른여덟 살이래."

"뭐어? 정말? 동양인은 참 젊어 보이는구나. 스무 살은 젊어 보여. 부럽네."

동네 사람들에게 카모메 식당의 정체는 점점 퍼져나가 이제 아무도 '어린이 식당'이라고 부르지 않게 되었다.

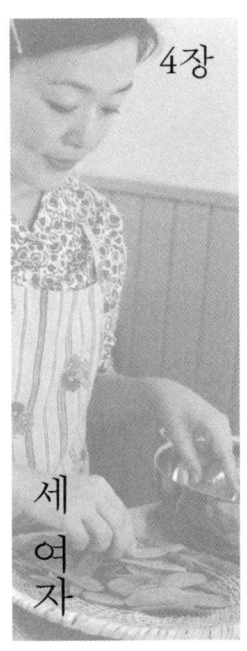

4장

세 여자

어느 날, 낯선 남자가 가게에 왔다. 남자 혼자 오는 경우는 대개 회사원인데 반해, 그는 행색이 초라한 편이었다. 그래도 세 사람은 다른 손님과 마찬가지로 상냥하게 그를 맞이했다.

"커피."

그는 쉰 목소리로 주문했다.

"예."

미도리는 그에게도 오니기리를 권해보았지만 단호히 거절당했다.

"사람의 눈을 안 보네요. 좀 알코올 중독자처럼 보이기도 하고. 손이 떨리는데요."

미도리가 주방의 사치에에게 작은 목소리로 보고했다.

"어머, 그래요?"

사치에는 까치발을 하고 그가 있는 쪽을 보았다. 등을 동그랗게 구부리고는 셔츠와 바지 주머니에 손을 찔러 넣어 연신 뭔가를 찾는 모습이다. 미도리는 남자가 대체 무엇을 찾는 건가 지켜보았지만, 결국 주머니에서는 아무것도 나오지 않았다. 그는 잠이라도 든 것처럼 등을 구부리고 꼼짝 않고 있었다.

"커피 나왔습니다."

남자는 커피를 눈앞에 두고 아무 말도 없이 묵묵히 앉아 있더니, 한참 뒤에야 겨우 마셨다.

그리고 또 한 명의 사연 있어 보이는 중년 남자가 들어왔다. 미도리가 가까이 가자 "난 아무것도 필요 없어" 하고 처음 온 남자 옆에 앉았다. 먼저 온 남자는 그의 쪽을 보려고 하지도 않았다.

"어이, 마티, 잘 있었나?"

새로 온 남자가 어깨를 치며 말했다.

"뭐……."

마티라고 불리는 남자는 말없이, 내키지 않는 모습으로 커피를 마셨다. 나중에 온 중년 남자가 주머니에서 담배를 꺼내 피우기 시작했다. 미도리가 황급히 금연이라고 말하자, "쳇" 하고 혀를 차더니 화난 듯이 바닥에 담배를 버리고 구둣발로 비벼 껐다.

"더 이상 따라다니지 말아주게."

마티가 낮은 소리로 말했다.

"뭐야, 갑자기. 이상하군. 그만큼 같이 일을 해왔으면서."

"이제 손 씻고 싶어."

"왜? 어째서?"

"지쳤어. 술도 끊을 거야. 일도. 평범한 생활을 하고 싶어."

"평범한 생활이라니, 그런 게 어디 있어? 우리하고는 전혀 상관 없는 말이야. 그런 가운데 너도 나도 20년을 해왔어. 그만큼 하고도 잡히지 않은 건 우리 능력이야."

"그러니까 지쳤다고 하잖아. 은퇴하고 싶어. 이제 그런 짓 해서 살아가는 게 지겨워."

"요즘 일을 안 하는 것 같긴 하더군."

남자는 마티의 모습을 보고 흥 하고 무시하듯이 웃었다.

"딸이 곧 아이를 낳아."

"남자 쫓아 떠났던 딸?"

"그래. 그 애가 이리로 돌아와. 그 남자한테 버림받았대. 두 딸은 내가 이런 짓 하는 걸 몰라. 공장에서 일하는 줄 알아. 태어날

아이의 할아버지가 도둑이라니 말도 안 돼."

 나직하게 이야기하는 마티를 곁눈으로 슬쩍 보더니 남자는 코웃음을 쳤다.

 "눈물나네. 그런 감상주의로 여태 살아왔나?"

 "나도 인간다운 생활 좀 하게 해줘. 지금 그만두지 않으면 그만둘 기회가 없어. 도둑으로 살다 죽긴 싫다고."

 무슨 말을 해도 남자는 무시하는 태도로 일관했다.

 "그럼 어떻게 할 거야? 일을 그만두면 자넨 백수야. 취직할 데도 없다고. 어떻게 먹고살 거야? 도둑질 그만두고 평범한 생활로 돌아가고 싶다 해도 자네를 기다리는 건 실업자라는 신분이야. 자네가 바라는 평범한 생활 따위 못할걸."

 마티는 침묵했다.

 "딸이 돌아온다며. 손자 우유 값도 필요할 텐데? 어떻게 할 거야? 지금까지처럼 공장에 다닌다고 말하면 되잖아. 그럼 원만하게 넘어갈 거 아냐. 손을 씻었다고 하지만, 자네 꼴을 보니 주머니가 그리 넉넉한 것 같지도 않구먼."

 마티는 테이블 위에 오른손 주먹을 올리고, 손가락을 폈다 오므렸다를 반복했다. 남자는 눈앞의 커피 잔을 들어 한 모금 마시더니 얼굴을 갖다 대고 마티의 귓가에 속삭였다.

"자네, 좋은 곳 발견했는걸. 여기는 여자 셋뿐이야. 한 사람은 덩치가 크지만 나머지 두 사람은 땅콩만 하니 조금만 위협하면 아주 간단하겠네. 이렇게 돈 좀 뺏어가세요 하는 가게를 앞에 두고 일을 그만두겠다는 소릴 잘도 하는군. 자네한테 딱 맞는 장소구먼. 여긴 내가 힘을 쓸 장소가 아닌걸."

히죽거리면서 약 올리는 남자를 빤히 노려보던 마티는 "됐으니까 돌아가. 날 그냥 내버려둬" 하고 소리치며 손으로 뿌리쳤다. 물론 그들이 무슨 얘기를 하는지 다른 사람에게는 들리지 않았고, 조심스럽게 그들을 의식하던 세 여자와 토미는 움찔 놀라 그들을 돌아보았다.

"알겠네. 그러나 이상과 현실은 달라. 자네도 잘 생각해. 어느 것이 가장 자신에게 좋은지. 또 연락함세."

남자는 사치에에게 넉살 좋게 손을 흔들어 보이고는 가게를 나갔다. 마티는 마시다 남은 커피를 언제까지고 홀짝거렸다.

"무슨 일, 일까요?"

마사코가 걱정스럽게 사치에에게 물었다.

"일이 어쩌고저쩌고 하는 것 같던데. 뭐, 가게를 하다 보면 여러 사람이 오니까요."

그는 주머니를 여기저기 뒤져서 커피 값을 내고 돌아갔다.

"부끄럽습니다."

주방 안에서 미도리는 가만히 서 있었다.

"왜 그래요?"

마사코가 또 걱정스럽게 물었다.

"아까 그 남자 손님, 혹시 무전취식하려는 거 아닐까 의심했어요. 동전을 모아서 돈을 내는 걸 보니, 분명 생활이 넉넉하지 않을 텐데요. 우리 가게에 와준 걸 고마워하기보다 의심했던 한 사람으로서 한심하고 부끄러워서 미치겠습니다."

미도리는 오른팔을 한일자로 들어 눈에 대고는 훌쩍이기 시작했다.

"나도 그런 생각 좀 했어요."

설거지를 하던 마사코가 옆으로 다가와서 축 처진 미도리의 왼팔을 어루만져주었다.

미도리는 잠시 흐느껴 울다가 "제 자신한테 다시 기합을 넣겠습니다"라고 말하더니, "얍!" 하고 양팔을 구부리며 기합 포즈를 취했다. 하지만 어딘지 부실해 보였다.

"그건 이렇게 하는 거예요."

사치에가 멋지게 모범 자세를 취해 보였다.

"거듭, 거듭 죄송합니다."

미도리의 슬픈 표정에는 진심이 느껴졌다.

"자, 문 닫을 시간까지 좀 더 힘을 냅시다."

세 사람이 마티에 대해 잠시 잊을 만큼 손님이 끊이지 않았다.

이삼 일쯤 지나서 리사 아주머니가 전보다는 밝아졌지만 여전히 어두운 얼굴로 식당을 찾아왔다. 머리칼도 푸석푸석하고 손질도 제대로 하지 않았다.

"몸은 어떠세요?"

"고마워요. 간신히 일어날 수는 있게 됐는데, 재미는 없네요."

카운터에서 주방 안에 있는 마사코를 보고 "어머나, 당신, 요전에는 손님이었는데 어떻게……?" 하고 의아한 표정을 지었다.

"저를 도와주고 계세요."

리사 아주머니는 사치에의 말에 "아, 그거 좋은 일이네요. 아주 좋은 일이야" 하고 몇 번이나 끄덕거렸다.

"커피하고 시나몬 롤에 생크림 듬뿍 올려서 주세요."

"예, 알겠습니다."

사치에는 빵 접시 위에 생크림을 듬뿍 올렸지만, 그걸 본 리사 아주머니는 "더 많이" 하고 추가시켰다.

"맛있네요. 당신이 만들었어요?"

"예. 우리 가게에서 제일 인기랍니다."

"그렇겠죠. 요전에 갖다 준 빵도 정말 맛있었는데 이건 그것보다 더 맛있어요."

리사 아주머니는 시나몬 롤에 생크림을 듬뿍 올려서 먹었다. 그래도 여전히 어둡고 만족스럽지 못한 표정이다.

"아아, 맛있다."

살짝이지만 웃어주어서 세 사람은 안도했다. 그때 토미가 와서 인사를 했다. 리사 아주머니가 "어디서 만났더라?" 하고 갸우뚱거렸다.

"요전에 저 청년이 리사 씨를 집까지 데려다주었어요."

사치에가 대답했다.

"아하, 그랬구나. 그땐 실례했어요."

리사 아주머니가 사과를 했다. 그녀의 기억 속에 잠시 잊혀졌던 토미는 우는지 웃는지 모를 표정으로 자기 자리로 돌아갔다. 여전히 손님은 끊이지 않았다. 어린이 식당 정찰대도 모두 단골이 되었다.

"저기, 좀 묻고 싶은 게 있어요."

리사 아주머니가 카운터에서 조금 앞으로 몸을 내밀었다.

"예, 뭐예요?"

사치에는 조리하던 손을 잠시 멈추고 대답했다.

"일본에는 마술이 있어요?"

"마술이요?"

"그래요. 사람을 저주하는 그런 마술이요."

"아, 지푸라기 인형 같은 건 있지만."

"그건 뭔가요?"

"지푸라기로 인형을 만들어서 그걸 저주하고 싶은 사람이라 생각하고 굵은 대못을 박는 거예요. 옛날 주술이지만."

"흐음, 과연."

리사 아주머니는 흥미진진해했다.

"그러나 그것은 일본 사람한테만 통하는 거겠죠? 핀란드 사람한테도 통할까요?"

"음. 글쎄요, 무슨 짓을 했는지 모르니까요. 그런데 저주를 하는 사람한테도 그 이상의 보복이 있기도 해요."

"어째서 그렇지? 저주 받는 쪽이 나쁜 거 아닌가요?"

"자기가 나쁘면서 되레 남을 저주하면 신이 벌을 내리는 것 같더라고요."

"그렇다면 난 괜찮아요. 나쁜 건 대머리니까."

리사 아주머니는 점잖게 커피를 마셨다.

"일은 어떻게 하셨어요?"

"아직 쉬고 있어요. 출근할 마음이 들지 않네요."

"회사에 나가시는 게 오히려 골치 아픈 일 잊기에 좋지 않을까요?"

"좋지 않아요."

그녀는 단호히 말했다.

"대머리하고는 회사에서 처음 만났어요. 젊을 때 회사 창고 구석에서 남들 눈 피해 키스를 하던 일, 함께 의자에 앉아 얘기를 하던 일, 그런 일만 떠오르는걸요. 그럴 때마다 손에 들고 있는 샘플과 디자인을 전부 내던지고 싶어져요."

그녀는 물건을 하늘에 던지는 시늉을 했다. 그렇다면 오히려 일을 하는 게 역효과일 것이다.

"가게가 바빠지네요, 나는 신경 쓰지 마세요."

그녀는 가방 안에서 신문을 꺼내 읽기 시작했다.

한 시간이 넘도록 가게에서 시간을 보낸 리사 아주머니는 "또 올게요" 하고 돌아갔다.

"아직 시간이 좀 더 걸릴 것 같습니다."

미도리가 그녀의 뒷모습을 보면서 중얼거렸다.

"그래도 외출할 곳이 생긴 건 좋은 일이에요. 그게 카모메 식당이란 것도 기쁘지 않아요?"

사치에는 손님이 뜸해진 동안에 빵 반죽을 하면서 말했다.

미도리에게 의심을 받았던 마티가 같은 시간대에, 같은 카운터 자리에 앉았다.

"아."

미도리가 작게 소리를 질렀다. 켕기는 데가 있어서 몹시 저자세가 된 미도리를 보고 마사코 씨가 풉 하고 웃었다.

마티는 커피를 주문하더니 "이봐요" 하고 사치에에게 말을 걸었다. 취한 것 같았다.

"나한테는 딸이 둘 있어. 한 사람은 전처가 낳은 아이로 올해 서른이 돼. 둘째는 두 번째 아내와 낳은 아이로 스물다섯이지. 둘 다 핀란드에는 자극이 없네 어쩌네 하면서, 멋대로 외국으로 가버렸어. 큰아이는 여기서 만난 미국 남자를 쫓아가버렸지. 그곳에서 임신을 했는데, 그 남자가 데리고 놀다 버렸다는 거야. 이제 곧 배가 남산만 해져서 돌아올 거라는군. 작은아이도 가게에서 일을 하고 있는데, 몸이 안 좋다고 편지가 왔어. 애비로서는 걱정이지. 내 딸들이 말이야, 당신들하고 아주 닮았어."

그렇게 말하고 그는 사치에와 미도리를 가리켰다.

"예? 우리를요?"

두 사람은 동시에 오른손 엄지로 자신의 얼굴을 가리켰다.

"그래."

그는 몇 번이고 고개를 끄덕였다.

"당신들이 밝게 일하는 걸 보면 우리 딸들도 그렇게 살면 좋겠다는 생각이 들어."

그 말을 들은 미도리는 벌써 눈물이 글썽글썽해졌다. 그는 또 주머니를 뒤져서 긁어모은 동전으로 커피 값을 내고 나갔다.

"고마운 일이네요."

미도리는 그의 말을 몇 번이나 반추하며 눈물을 글썽거렸다.

"우린 외국인인데 딸들하고 닮았다고 하니 기쁘네요."

마사코도 감개무량했다. 마티로서는 사치에에게 말을 건 것으로 이 가게에는 폐를 끼치지 않겠다는 의사 표시를 한 셈이었다. 진심으로 손을 씻으려고 했다. 그러나 마티의 동료는 호시탐탐 카모메 식당을 노렸다.

***

"미안합니다, 머리가 좀 아파서."

자고 일어난 미도리가 파자마 차림에 방금 폭발한 듯한 머리를 하고 사치에게 양해를 구했다.

"피로가 쌓여서 그럴 거예요. 지금까지 너무 열심히 일했잖아요. 피로가 풀릴 때까지 좀 쉬세요."

사치에는 혼자 장을 보러 나갔다. 손님이 많아져서 채소와 고기를 대량으로 구입하니 가게까지 배달해주어서 편해졌다. 시장에 가는 것은 뭔가 신선한 물건이 나온 게 없는지 보러 가기 위해서다.

"어머나, 오랜만이네."

이곳에 처음 왔을 때 봤던 노부부가 고양이를 산책시키고 있었다. 고양이도 그들도 건재했다. 걷는 법도 고양이와 거리를 두는 법도 모두 똑같았다. 뚱뚱하게 살찐 갈매기는 고양이가 목줄을 매고 있는 걸 아는지 모르는지 예사로이 그 옆을 지나다녔다.

'다들 건강해서 다행이야.'

사치에는 시장 아주머니가 추천해준 쐐기풀과 블루베리를 사서 가게로 향했다. 기다리고 있는 토미와 커피 서비스도 여전히 변함없었다. 마사코와 토미는 미도리가 몸이 안 좋아서 쉰다는 말을 듣고 걱정했다.

"열은 없고요. 그냥 피로가 쌓인 거예요. 이 쐐기풀로 수프를 만들어 먹이면 건강해질 거래요."

"미도리 씨가 없으니 벽이 넓어진 것 같은 기분이 드네요."

마사코의 말에 토미가 "아하하" 하고 묘하게 큰 소리로 웃었다.

확실히 최근에는 손님이 늘어서 한숨 돌릴 시간마저 줄어들었다. 사치에가 날이면 날마다 컵을 닦고 청소만 하던 시절이 있었다는 게 믿어지지 않을 정도로 바쁘다.

그날은 한 사람이 빠지기도 해서 몸이 빙글빙글 도는 듯이 더 바빴다. 토미는 수업이 있다며 이른 오후에 가게를 나섰다.

"수고했습니다."

두 사람은 가게 문을 닫은 뒤 두 개 남은 달콤한 빵을 먹으며 한숨을 돌렸다.

"그럼 이제 그만 가볼까요."

사치에가 열쇠로 식당 문을 잠그고 있는 동안, 마사코는 도로 건너편 가게의 진열장을 바라보고 있었다. 그때 어둠 속에서 어떤 남자가 사치에 뒤에 서 있는 모습이 진열장 유리에 비쳤다.

"소리 지르지 마."

사치에는 숨이 멎는 것 같았다.

"귀여운 아가씨, 돈 내놔."

사치에는 버둥거렸다. 남자는 히죽거리면서 가방으로 손을 뻗었다. 그 순간 예사로운 상황이 아님을 눈치 챈 마사코가 "으아아아아악!" 하고 어둠을 찢는 듯한 엄청난 비명을 질렀다.

"도둑이야, 도도도둑이야!"

마사코는 믿을 수 없을 정도로 크게 소리를 지르면서 길에 뒹굴던 나무 막대기를 집어 들어 휘두르면서 그에게 달려갔다. 뒤로 팔이 잡힌 사치에는 팔꿈치로 상대의 명치를 쳐 느슨하게 만들었다. 그 틈을 타 팔을 어깨 위로 올리면서 "이얍!" 하는 기합 소리와 함께 상대의 손목 관절을 비틀었다. 상대가 버티지 못하고 주저앉자, 재빨리 앞으로 돌아서서 반대편 손목과 팔꿈치 관절을 확실히 꺾어 땅바닥에 쓰러뜨렸다.

"으윽."

그는 신음 소리를 내며 길 위에 엎어졌다. 마사코가 흥분하여 쓰러진 남자를 막대기로 때리려 했지만 사치에가 애써 말렸다. 마사코의 목소리를 들은 동네 사람들이 무슨 일인가 하고 모여들었다.

"도둑이 덮쳤다며? 얼마나 놀랐을까. 괜찮아? 어머나, 이걸 보니 괜찮은 건 알겠는데……."

모인 사람들은 사치에의 엄청난 힘에 놀랐다.

"아버지한테 배운 게 처음으로 도움이 됐네요."

사치에도 거칠게 숨을 몰아쉬며 만족스러워했다.

상습 절도범인 남자는 경찰에게 바로 인도되었고, 신문사에서 취재를 나와 사치에는 사진과 함께 신문에 크게 실렸다. 자그마하고 귀여운 사치에가 남자를 메쳤다는 사실만으로도 큰 사건이었다. 마사코의 우렁찬 목소리도 화제가 되었다. 개중에는 사치에를 오해하여 '일본 여자 스모 챔피언'이라고 소개한 데도 있어서 사치에와 마사코는 몹시 당황했다. 하필 자신이 쉬는 날 두 사람이 습격을 당하자, 미도리는,

"덩치가 큰 내가 그 자리에 있었더라면 이런 일은 없었을 텐데. 있어 봐야 아무 기술도 없어서 도움이 되지 못했을 테지만, 위압감은 줄 수 있었을 텐데 말이죠."

하면서 그 자리에 없었던 것을 분해했다.

"그런 일은 보지 않는 편이 좋아요."

사치에가 위로했다.

신문에 난 뒤로 사치에는 그 일대에서 유명인사가 되었다. 시장에 가면 만나는 사람마다 "대단하더군요. 훌륭해요" 하고 칭찬했다. 토미는 몹시 감격하며 "이 사람들이 뭔가 해낼 줄 알았어요. 나는 그녀들과 옛날부터 친구랍니다" 하고 카모메 식당 손님에게 자랑하다가 시끄럽다고 면박을 받았다.

사치에는 어떤 합기도 도장으로부터 초대를 받았다. 도둑을 쓰러뜨린 그녀의 기술을 보고 싶어 한 것이다. 기술을 보이기 전에 초보자들의 대련을 봤지만, 낙법이 제대로 되지 않아 바닥에 얼굴을 처박아 코피를 쏟거나, 잘 돌아 낙법을 구사했지만 일어나지 못하는 모습을 보면서 아버지 도장 생각이 났다. 사치에는 상대를 머리 위로 크게 휘둘러 던지는 기술과 손목을 잡은 상대의 팔을 잡아 비트는 기술을 선보였다. 그러자 모두 "우와" 하고 소리를 질렀다. 곧 그들도 카모메 식당의 손님이 되었다.

사치에가 유명해지는 바람에 더욱 바빠져서 정신없이 일하고 있는 카모메 식당 세 사람의 귀에 "코스켄고르바!" 하고 아주 큰 소리가 들려왔다. 깜짝 놀라서 소리가 난 문 쪽을 보니 리사 아주머니가 귀여운 강아지를 안고 서 있었다.

"하하하!"

아주머니는 기분이 좋아 보였다. 화장도 하고, 미용실에 다녀왔는지 머리도 예쁘게 손질했다. 세 사람은 이 사람도 꾸미면 나름대로 예쁘구나, 하고 생각했다.

"신문 봤어요. 멋지던데요! 대단해요. 여자 둘이서 도둑과 맞서다니 그 용기가 훌륭해요. 당신들 같은 사람과 알고 지내는 게 정말로 기뻐요. 나 감격했어요."

그녀는 이렇게 말하며 사치에와 마사코에게 안겼다.

"자, 자, 일단 앉으시고."

미도리가 마침 한 곳 비어 있는 자리를 권하자, 그녀는 "루스, 여기 앉자꾸나" 하고 말하면서 강아지와 함께 앉았다.

"나 기다리기로 했어요."

리사 아주머니가 밝게 말했다.

"기다린다고 해서 비극의 주인공이 되는 건 아니에요. 이혼하고 싶어 하면 해주고, 돌아오고 싶다면 받아주려고요. 대머리를 처음 만났을 때부터 지내온 세월을 생각해봤어요. 난 언제나 주도권을 쥐고 있었죠. 그걸 잊고 있었네요. 그 주도권을 포기할 수는 없죠. 의기소침하게 있어 봐야 아무것도 달라지지 않을 테고. 요전에 길을 걷다가 이 아이와 눈이 마주쳐서 집으로 데려와서 같이 지내고 있어요. 일도 다시 나가기 시작했고요. 지금은 대머리 저 좋을 대로 하라는 심정이에요."

그렇게 말하며 만족스럽게 웃었다.

"참 잘됐네요."

세 여자는 안심했다. 리사 아주머니는 커피와 늘 찾는 생크림 듬뿍 올린 시나몬 롤을 먹고 "자, 루스, 집에 갈까" 하고 강아지를 안고 즐겁게 돌아갔다.

신문을 보고 온 한 남자 손님은 사치에에게 "기술을 보여주지 않겠습니까?" 하는 부탁을 하기도 했다. 사치에는 차마 가게에서 기술을 선보일 수는 없어서 손을 이용한 호신술 초보 동작 정도를 보여주었다.

"대, 대단합니다. 이렇게 아픈데."

남자는 몸집이 작은 사치에에게는 아무 이상이 없는 데 비해 자신은 눈물이 날 만큼 아파서 놀랐다.

"참 좋겠어요, 강한 여자는."

마사코는 설거지를 하면서 공수도 자세를 취했다.

"마사코 씨도 충분히 강하셨잖아요."

미도리가 마사코의 어깨를 쳤다.

"나는 그저 소리만 질렀을 뿐인걸요. 아무 기술도 없어요."

"아녜요. 너무 놀라면 목소리도 나오지 않는 법이에요. 그런데 그렇게 큰 소리를 지르다니 정말 잘하셨어요."

"그런가요."

사치에의 말에 마사코는 살짝 얼굴을 붉혔다.

밤이 되어 마티가 찾아왔다. 평소처럼 술은 마신 것 같았지만, 싱글벙글 웃는 얼굴이었다.

"딸들이 돌아왔어. 큰딸뿐만 아니라 작은딸도."

무척 기쁜 모습이었다.

"그거 잘됐네요."

세 사람은 사치에와 미도리를 닮았다는 딸들이 대체 어떤 사람들인지 기대했다. 마침 두 여성이 가게로 들어왔다. 한 사람은 배가 산만 했고 다른 한 사람은 무표정했다. 두 사람 다 "대체 어디가?" 하고 고개를 갸웃거릴 정도로 사치에도 미도리도 전혀 닮지 않았다.

"봐, 많이 닮았지?"

네 사람을 번갈아 보면서 기쁜 듯이 같은 말을 되풀이하는 마티를 무표정한 딸 둘이 질질 끌듯이 데리고 돌아갔다.

"그래도 잘 됐네요."

미도리가 말했다.

"잘됐어, 잘됐어."

사치에와 마사코는 끄덕이며 세 사람의 뒷모습을 지켜보았다.

리사 아주머니는 시간이 날 때마다 카모메 식당에 들러주었다.

"아직 대머리는 돌아오지 않았어요."

말하면서도 밝은 얼굴로 루스를 안고 커피와 생크림 시나몬롤을 먹고 간다. 어느 날, 미도리가 눈치를 보면서 오니기리를 권했더니 "왜 그렇게 그걸 권해요?" 하고 물었다.

"미안하지만 전에 만들어준 것은 못 먹고 버렸어요."

사치에는 오니기리에는 만든 사람의 마음이 담겨 있다고 설명했다.

"마음이 없는 사람이 건성으로 만든 것과 마음이 있는 사람이 정성을 담아 만든 것은 맛이 다르답니다."

리사 아주머니는 진지하게 들었다.

"그렇군요. 그런 뜻이 있다니, 한번 먹어볼까?"

메뉴판을 들여다보는 그녀에게 토미가 "가다랑어 포는 선택하지 않는 편이 좋을 거예요" 하고 작은 소리로 충고해 주었다. 아주머니는 그 말도 진지하게 들었다.

"그럼 연어로 할게요. 잘게 다져서 부탁해요."

사치에는 마음을 담아 조그맣고 귀여운 연어 오니기리를 만들었다.

"여기 있습니다."

리사 아주머니는 눈앞의 오니기리를 바라보면서 "언제 봐도 이 검은 종이만큼은 신기하단 말이야" 하고 중얼거렸고, 강아지 루스는 오니기리를 보며 흥분했다. 아주머니가 오니기리를 한 입 먹었다. 세 사람의 시선이 일제히 그녀를 향했다.

"그러네, 맛있는…… 것 같아요. 음, 맛있네. 당신이 나를 생각하며 만들어준 거로군요."

루스가 꼬리를 흔들면서 좀 주세요, 주세요 하고 있었다.

"어머나, 먹고 싶니?"

루스의 입가에 가져가자 눈 깜짝할 사이에 먹어치웠다.

"루스도 맛이 마음에 드는 것 같은데요."

아주머니가 빙그레 웃었다. 세 사람은 휴우 하고 안도의 한숨을 내쉬었다. 토미도 따라서 안도한 얼굴이었다.

카모메 식당은 계속 번창했다. 마사코는 도둑 사건이 잠잠해지면 썰물이 밀려가듯 사람들의 발길도 끊어지지 않을까 슬쩍 걱정했지만, 그건 기우에 지나지 않았다. 날마다 "아아, 오늘도 열심히 일했구나" 할 정도의 충만함이 있었다.

마사코가 핀란드에 온 지 2개월이 지났다. 사치에는 물론 미도리와 마사코도 앞으로 어떻게 할지에 대해 얘기를 나눈 적이 없었다. 쉬는 날 세 사람이 사우나에 갔을 때 문득 그런 화제가 나왔다.

"난 돌아가야 해요."

마사코가 말했다.

"예? 그래요?"

미도리가 놀라서 되물었다. 그녀는 여기 죽 있을 생각이었다.

"카모메 식당은 즐겁고 보람도 있고 사치에 씨도 미도리 씨도 정말 좋은 분들이어서 계속 있고 싶지만, 그럴 순 없답니다."

"하지만 동생한테 심한 대우를 받으셨잖아요?"

"예. 여기 와서 여러 가지 생각을 해봤는데요, 그래도 일본에 가도 살 곳이 있고, 외국에 갈 수 있을 만큼 금전적 여유도 있고, 나 이만하면 복 받은 인생인 것 같아요. 뉴스를 보고 핀란드는 참 마음 편하게 사는 나라구나 생각했지만 말이죠. 나는 경험하지 못했지만, 이곳 자연 환경이 살기에 꽤 힘들지 않나요? 그런 환경 속에서 꾹 참고 있던 것들이 '부인 업고 달리기'나 '맨손 기타 연주하기', '사우나에서 오래 참기'로 폭발하는 거겠죠? 항상 그런 대회만 하고 사는 건 아닐 거예요. 그들에게는 몸에 축적된 에너지가 있는 것 같아요. 핀란드 사람들은 평소 생활이 아주 검소하고 참 좋아 보이더군요. 생각해보니 나한테는 핀란드에 온 것 자체가 '부인 업고 달리기'와 같은 거였어요."

마사코는 웃었다.

"돌아가시면 어떻게 지내실 생각이세요?"

사치에는 돌아간 뒤의 그녀가 걱정이었다.

"어떻게 지낼까요. 이 나이에 취직은 무리일 테고. 슈퍼마켓 파트타임이라도 할까나. 여기 오기 전에 얼핏 봤는데, 우리 집 근처 슈퍼에는 53세까지 지원이 가능하더라고요."

그 말을 들은 미도리가 진지한 얼굴로 충고했다.

"마사코 씨, 냉동식품 매장으로 배치시키면 무슨 일이 있어도 그만두세요."

"예? 왜요?"

미도리는 언젠가 슈퍼마켓에서 엿들은 파트타임 아주머니들의 이야기를 전해주었다.

"그래요? 그런 사정이 있었군요. 역시 나는 모두가 꺼리는 매장으로 배치될지도 모르겠군요."

"아뇨, 그런 곳도 있다는 거지, 다 그런 건 아니에요. 죄송합니다, 불안해졌습니까?"

"아니, 괜찮아요. 불안하다고 하면 모든 게 불안한 거겠지만, 뭐 앞날이 어떻게 될지는 모르는 거잖아요. 나 자신만 똑바로 하면 어떻게든 되겠죠. 게다가 나는 부모가 남겨준 게 있으니 행복한 거라고 감사하고 있습니다."

"마사코 씨가 돌아가고 나면 우린 쓸쓸할 것 같네요."

사치에가 진지하게 말했다. 미도리도 벌써 슬픈 얼굴로 끄덕거렸다.

"나는 사치에 씨나 미도리 씨와 달리 나이도 나이고, 되도록 빠른 시기에 돌아가려고요."

"그러시군요."

사치에도 감개무량한 마음이었다. 리사 아주머니를 집에 데려다준 일, 독이 든 버섯을 먹었던 일, 민첩한 손놀림으로 설거지를 도와준 일 등, 여러 가지가 머리에 떠올랐다. 그러나 그녀의 인생은 그녀가 정하는 것이니 자신이 억지로 고집부릴 수 없다.

"호텔에 가서 한 번 더 곰곰이 생각해볼게요. 돌아가는 걸로 결정되면 꼭 정식으로 인사하러 올게요."

세 사람은 사우나를 하고 나서 몸은 아주 개운해졌지만, 마음속은 어딘지 허전하고 많이 슬펐다.

"마사코 씨는 어떻게 할까요."

아파트로 돌아온 미도리는 내내 그 얘기였다.

"본인밖에 모르겠죠. 어쨌든 우리 셋이 있는 동안은 정말 즐거웠어요."

"그건 그랬습니다. 즐거웠지요. 근데……."

미도리는 입술을 꽉 깨물었다.

"어떤 결과가 나오든 우리는 마사코 씨의 결정을 기쁘게 받아들입시다."

사치에는 슬행법을 시작했다.

다음 날, 가게를 열어도 마사코 씨는 오지 않았다. 역시 짐을 싸고 있는 모양이었다. 사치에와 미도리는 마사코 얘기를 피하느라 평소와 달리 서로 말이 없었다.

"안녕하세요."

토미가 와도 좀처럼 웃으며 맞아줄 수가 없었다.

"마사코 씨는 없습니까?"

토미가 천진난만하게 물었다. 두 사람이 입을 꾹 다물고 있는데, 문이 조용히 열렸다. 거기 마사코 씨가 얌전하게 서 있었다.

"미안합니다. 폐가 될지 모르겠습니다만, 다시 오기로 했습니다."

마사코는 수줍게 웃었다.

"네, 그렇게 합시다. 그게 좋습니다."

미도리가 얼른 달려가서 마사코 씨의 두 손을 꼭 잡았다.

"그렇습니다. 그것이 좋습니다."

토미는 영문도 모르는 채 끼어들었다. 그때 정찰대 아주머니들이 "날씨가 참 좋군요" 하고 저마다 인사를 하면서 들어왔다.

"오늘 하루도 잘 부탁합니다!"

밝은 사치에의 목소리에 미도리와 마사코는 각자 자기 자리에 서서 카모메 식당의 하루를 시작했다.

옮긴이의 말

카모메 식당의 긍정 바이러스

나의 완소 영화 〈카모메 식당〉의 원작 소설을 번역하게 되어 몹시 기뻤다. 뒤늦게 본 〈카모메 식당〉에 푹 빠져서 핀란드에 관한 모든 정보는 물론 출연 배우들의 다른 작품까지 섭렵하고 있던 참이었는데, 자그마치 원작 소설이라니, 얼마나 절묘한 타이밍으로 찾아온 행운인가! 작업을 하는 동안 마치 내 마음속에 카모메 식당 2호점이라도 차린 듯이 행복했다.

그런데 그렇게 기쁜 마음, 즐거운 마음으로 작업을 마치긴 했는데, 좀처럼 '옮긴이의 글'을 쓸 수가 없었다. '옮긴이의 글'이란 게 화룡점정은 되지 못할지언정 원작에 누가 되진 말아야 할 텐데 말이다. 이 아름답고 평온하고 잔잔하고 흐뭇한 소설에다 무슨 말을 써야 '옥의 티'가 되지 않을 수 있을까. 날카로운 작품평? 등장인물들의 신랄한 성격 분석? 핀란드 사람들의 낯가림에 대한 연구? 이 소설이 주는 교훈? 작가의 메시지? 노처녀 세 사람이 사회에 미치는 영향과 구제 방법에 대한 사회적 고찰?

아, 그러나 왠지 책에다 이런 글을 쓰면 사치에 씨가 비웃을 것 같다. 책을 읽고, 혹은 영화를 보고 그저 제각기 느낀 만큼 가슴에 담으면 되지 굳이 진부한 언어로 잘난 척 설명할 필요가 있나요? 하고. 그러게 말이다. 그런 설명은 푸르디푸른 핀란드 하늘색에다 먹물을 떨어뜨리는 짓이 될 것이다. 독자님들이 영화를 보며 느꼈던 평온함, 책을 읽으며 지었던 미소를 그대로 보존하시도록 어설픈 작품 설명은 생략하겠다.

그래도 직업병으로 한 마디만 보태자면, 이 책에서는 영화를 보며 몹시 궁금했던 것-사치에, 미도리, 마사코 씨는 보통 그 나이(38세, 40대 초반, 50세)의 여성들이 결혼해서 아이를 키우고 있을 때, 무슨 사연으로 머나먼 핀란드까지 가게 됐을까? 하는 의문을 해결해주어서 속이 후련했다. 결혼이라는 굴레랄까, 관습을 가뿐히 뛰어넘은 세 사람. 사치에의 긍정 바이러스에 전염

되어 아픔을 치유해가는 주위 사람들의 모습이 감동이다. 영화를 먼저 보시거나 책을 먼저 보시거나, 어느 쪽이 먼저든 상관없지만 꼭 둘 다 보시기를. 그리하여 일상이라는 네모난 스트레스 상자 속에서 마음으로나마 행복한 핀란드 여행을 다녀오시기를 바란다.

열일곱 살 정하에게 사랑을 보내며
권남희

옮긴이 권남희

1966년생. 일본문학 전문번역가. 지은 책으로 《동경신혼일기》《번역은 내 운명》(공저)이 있으며, 옮긴 책으로 《무라카미 라디오》《빵가게 재습격》《밤의 피크닉》《퍼레이드》《기치조지의 아사히나 군》《바다에서 기다리다》《마호로 역 다다 심부름집》《다카페 일기》《채굴장으로》《어제의 세계》《공부의 신》《애도하는 사람》《부드러운 볼》외 다수가 있다.

카모메 식당

첫판 1쇄 펴낸날 2011년 3월 3일
    18쇄 펴낸날 2022년 10월 17일

지은이 무레 요코 옮긴이 권남희
발행인 김혜경
편집인 김수진
편집기획 김교석 조한나 김단희 유승연 김유진 임지원 곽세라 전하연
디자인 한승연 성윤정
경영지원국 안정숙
마케팅 문창운 백윤진 박희원
회계 임옥희 양여진 김주연

펴낸곳 (주)도서출판 푸른숲
출판등록 2003년 12월 17일 제2003-000032호
주소 경기도 파주시 심학산로 10(서패동) 3층. 우편번호 10881
전화 031)955-9005(마케팅부), 031)955-9010(편집부)
팩스 031)955-9015(마케팅부), 031)955-9017(편집부)
홈페이지 www.prunsoop.co.kr
페이스북 www.facebook.com/prunsoop   **인스타그램** @prunsoop

ⓒ푸른숲, 2011
ISBN 978-89-7184-851-7(03830)
    978-89-7184-837-1(세트)

* 이 책은 저작권법에 의해 한국 내에서 보호를 받는 저작물이므로
  무단전재와 복제를 금합니다. 이 책 내용의 전부 또는 일부를 사용하려면
  반드시 저작권자와 (주)도서출판 푸른숲의 동의를 받아야 합니다.
* 잘못된 책은 구입하신 서점에서 바꾸어 드립니다.
* 본서의 반품 기한은 2027년 10월 31일까지입니다.